Dieser Band ist gewidmet
einerseits meiner Großtante Helga Krannich, weil sie mich stets so liebevoll unterstützt, mich in puncto Schreiben ermuntert und mir gut zuredet – und für meine Bücher auch immer ein bisschen Werbung betreibt. Sie ist wirklich eine ganz Liebe und Nette und die beste Schwester meiner Oma.
Andrerseits widme ich diesen Band auch meiner Großtante Margitta ›Gitta‹ Greunke. Sie hat eine gute lustige Art an sich und verbreitet stets gute Stimmung. Zudem ist auch sie eine sehr angenehme Schwester meiner Großmutter. Vor allem hat sie immer ein offenes Ohr für mich, man kann sich wunderbar mit ihr unterhalten.
Danke.

Sven Icy Kuschmitz

Fremde Welt Nox

Band III
Der Stammbaum der Elfen

www.tredition.de

© 2021 Sven Icy Kuschmitz
https://fremdeweltnox.de

Umschlagillustration: Isabell Schmidt-Egner
Text: professionell lektoriert; für den Inhalt zeichnet ausschließlich der Autor verantwortlich.

Verlag & Druck:
tredition GmbH, Halenreie 40–44 22359 Hamburg

ISBN
Paperback   978-3-347-27317-7
Hardcover   978-3-347-27318-4
e-Book   978-3-347-27319-1

Bibliografische Informationen der Deutschen Nationalbibliothek:
Die Deutsche Nationalbibliothek verzeichnet diese Publikation in der Deutschen Nationalbibliografie.
Detaillierte bibliografische Daten sind im Internet über http://dnb.d-nb.de abrufbar.

Inhalt

Es gab nur Ärger 7

Auf nach Nox...15

Die neuen Fähigkeiten 25

Vorbereitung für die Fahrt 33

Die Fahrt zum Stammbaum von Nox 43

Die Ankunft am Baum............................57

Unverhofftes Wiedersehen 68

Zyltas und Lias Hochzeit 78

Der Schwangerschaftstrank 87

Vor der Zeremonie.................................95

Die Zeremonie 102

Das Schiff wird beladen.........................108

Die Rückfahrt..117

Der Trank für Sallys Kusine 126

Wein für Zeldas Mutter........................131

Kleine Begriffserklärung....................... 134

Es gab nur Ärger

Es ist Ostern auf der Erde. Zelda ist gerade damit beschäftigt, draußen im Garten ein paar Ostereier und Geschenke für ihre Eltern zu verstecken. Es ist ein Versuch, mit der Verärgerung ihrer Eltern umzugehen und auch damit, was andere Leute in der Stadt über sie und ihre Freunde denken und reden. Manche halten die drei für verrückt oder haben sogar Angst vor ihnen. Zelda aber hat doch mit ihrer Magie bewiesen, dass dies etwas Besonderes ist, doch glauben die meisten wohl, das wäre nur fauler Zauber.

Auf jeden Fall haben sich die Freunde einen Namen gemacht, indem sie zum Beispiel die Gefühle und Schmerzen von Pflanzen erspüren können.

Sie hatten auch Ärger mit der Universität bekommen, weil sie zwei Monate zu spät von Nox zurückgereist waren. Daraufhin brachen sie ihr Geologiestudium ab, denn Verspätungen dieser Art würden wahrscheinlich des Öfteren noch vorkommen – sie wollten schließlich häufiger nach Nox reisen.
Diese Veränderung in der Lebensplanung hat die Freunde aber nicht weiter gestört. Denn dank des von Nox mitgebrachten Geldes haben sie zu Hause Millionen von Euro durch den Verkauf der Münzen erzielt. Solches Geld gibt es hier nicht – echte Gold- und Silbermünzen. Einige dieser Kostbarkeiten dienen nun der Forschung, denn man möchte herausbekommen, wie alt das Metall ist und wo genau es vorkommt.
Doch wer sind denn nun diese Freunde, werdet ihr euch

fragen. Da ist zunächst Zelda, eine junge Frau mit blondem Haar; seit ihrer ersten Reise nach Nox kann sie ihre Gedanken dazu benutzen, Dinge zum Schweben zu bringen und noch vieles mehr. Der zweite und dritte im Bunde sind Pascal und Arthur.

Zelda hat mittlerweile alle Geschenke gut versteckt; sie holt ihre Eltern und bittet diese, mit der Suche zu beginnen. „Mama, da ist es kalt …" und „Vati, da wird's allmählich warm …" , sind ihre Tipps. Nach etwa einer halben Stunde haben sie alles gefunden. Für Zelda jedoch hatten die Eltern aus gutem Grund nichts versteckt, denn sie hat den Dreh raus, wie man nicht nur magische Gegenstände, sondern so gut wie alles andere auch aufspüren kann. Also bekam sie die ihr zugedachten Süßigkeiten eben direkt übergeben. Der Ärger, den Zelda mit ihren Eltern hatte – aufgrund der Veränderungen, die ihre Reisen nach Nox bei ihr bewirkt haben –, ist mit der Zeit verflogen.

Am Nachmittag werden Gäste zum Kaffee erwartet. Zelda macht sich daher ans Backen, was sie allerdings noch nie allein bewerkstelligt hat. Sie möchte Schokoküsse herstellen, hat dafür auch schon ein Rezept entdeckt und im Supermarkt, auf dem Marktplatz in Schmölln, alle nötigen Zutaten besorgt.

Das Rezept für glasierte Schokoküsse mit Vanillepudding-Füllung

<u>Zutaten</u>

3	mittelgroße Eier
75 g	Zucker
75 g	Mehl
25 g	Speisestärke
1 Teelöffel	Backpulver
1 Prise	Salz

für die Füllung:

1 Päckchen	Vanillepudding
500 ml	Milch
40 g	Zucker

und für die Glasur:

300 g	Bitterschokolade.

Backofen vorheizen, Ober- und Unterhitze 200°C oder Gasofen Stufe 3.
Die Mulden des Backblechs für die Schokoküsse ordentlich mit Butter einfetten. Es hat 12 Vertiefungen für je 1 Schokokuss-Hälfte.

Der Biskuitteig wird wie folgt hergestellt:
Die Eier trennen, das Eiweiß mit einer Prise Salz steif schlagen, dabei den Zucker einrieseln lassen. In die Eischnee-Zucker-Mischung das Eigelb rühren. Mehl sieben und vorsichtig mit einem Schneebesen unter die Masse heben. Den fluffigen Teig auf die 12 Mulden aufteilen und 12 Min. backen. <u>Merke</u>: Ist der Teig fertig, muss er umgehend gebacken werden.

Während des Backens den Pudding wie auf der Packung beschrieben kochen und auf ganz kleiner Hitze heiß halten. Nicht abkühlen lassen!

Anschließend für die Glasur die Schokolade klein hacken und in einer Schmelzschale in ein Wasserbad stellen. Bei mittlerer bis kleiner Hitze die Glasur behutsam schmelzen, nicht kochen lassen! Während des Erwärmens die Glasur vorsichtig glatt rühren, sie muss flüssig werden.

Das Blech mit den fertig gebackenen Schokokuss-Hälften aus dem Ofen nehmen und stürzen. Wurden die Mulden vorher ordentlich eingefettet, lösen sich die Hälften mit ein paar gezielten Schlägen leicht aus der Form. Mit einem runden Ausstecher (Durchmesser 3,5 cm) nicht mehr als 1 bis 2 cm tief einstechen, da der Schokokuss ansonsten nicht stabil genug ist, um den Pudding zu halten.

Die Hälften mit der flachen Seite in die heiße Glasur tauchen und in die ausgestochene Mulde den Pudding füllen. Immer zwei Hälften aufeinandersetzen. Diese dann an einen kühlen Ort stellen, damit der Pudding und die Schokolade fest werden können.

Tipp: Anstelle von Vanillepudding lassen sich auch andere Puddingsorten verwenden.

Okay, denkt Zelda, *das mache ich genauso, wie's hier steht ... also Erdbeerpudding, keine Vanille.* Sie legt los. Eine Stunde darauf ist alles fertig, nur herrscht jetzt in der Küche ein echtes Chaos – wie das eben bei Konditoren hinterher so aussieht.

Da es Frühjahr ist und das Osterfest in diesem Jahr ziemlich zeitig zu liegen kam, stellt sie die Schokoküsse raus auf den Balkon, damit die Schokolade fest wird. Dann bringt sie noch rasch die Küche in Ordnung, damit ihre Mutter keinen Grund hat zu schimpfen oder später gar selbst alles sauber machen müsste.

Am Nachmittag kommen ihre Großtanten Gitta und Helga zu Besuch. Gitta wohnt nicht weit entfernt; sie sind quasi Nachbarn. Außerdem stößt auch Zeldas Oma Monika dazu. Die Schokoküsse schmecken nicht nur den Gästen, sondern auch Zeldas Eltern und ihr selbst.

Nach dieser gelungenen Kaffeerunde verabschiedet sich Zelda; sie muss noch mal weg, was erledigen. Sie hat sich mit Arthur und Pascal verabredet. Sie wollten sich am Nachmittag in der Konditorei Jahn treffen, in der früher Gitta gearbeitet hatte, um Eis zu essen.

„Was meint ihr, wann wollen wir denn zurückkreisen nach Nox? Ich möchte gern wieder bei den Mondelfen vorbeischauen, denn ich hätte da noch ein paar Fragen an die Hohepriesterin." Arthur schaute seine Freunde an. – „Ja gut. Dann dürfen wir aber nicht vergessen, für Sally etwas zu essen mitzunehmen", gab Zelda zu bedenken; sie dachte da an was Fleischiges wie Katzenfutter und sagte: „Sally ist schließlich eine halbe Katze, da können wir doch ruhig auch Katzenfutter für sie kaufen." – „Klar, können wir machen. Aber welches?", stimmte Pascal nachdenklich zu. – „Schauen wir später mal nach, wenn wir einkaufen gehen", meinte Zelda.

Der Kellner brachte einen Erdbeerpokal für Zelda, ein Pizzaeis für Pascal und einen Bananenjoghurt für Arthur.

„Hm … lecker, der Joghurt." Arthur guckte selig drein.

„Können wir, ehe wir ins Tal des Mondes reisen, vorher noch einen Abstecher zu Hecuba ins Land Vive machen, um nachzufragen, wie es Saffi geht? Ob der Zaubertrank gewirkt hat, sie schon schwanger ist oder vielleicht schon Mutter geworden ist?", nahm Zelda den Faden wieder auf. – „Einverstanden. Aber komme ich mir da irgendwie mies vor, weil wir sie einfach ge-schwängert haben; wir hätten sie vorher fragen sollen." Arthur gab sich bekümmert. – Und Pascal meinte: „Ja schon. Sie denkt, sie bekäme nur ein Kind. Hoffentlich hat sie gemerkt, dass sie nicht nur ein Kind, sondern zwei Kinder kriegt."

Nachdem sie Eis und Joghurt bezahlt hatten, gingen sie in das Einkaufscenter, um etwas Leckeres für Sally zu besorgen. Den Einkauf schafften die Freunde zu Zeldas Heim.

„So, dann hätten wir ja alles beieinander. Und, wann reisen wir ab nach Nox?" Arthur plagte die Ungeduld. – „Zum Beispiel am nächsten Wochenende. Wir geben unseren Eltern rechtzeitig Bescheid, damit sie sich da-rauf einstellen können und keiner uns zu böse ist", schlug Zelda vor.

Für den Abend hatten sich die drei vorgenommen, noch in die Disco zu gehen. Arthur und Pascal kamen vorbei, um Zelda abzuholen. Sie hatte sich aber, nach Meinung ihrer Eltern, viel zu sexy gekleidet – mit einem sehr gewagten rosa Minirock und sehr freizügigem T-Shirt.

„Ziehe dir was anderes an, sonst kommen andere Jungs nur auf dumme Gedanken", empfahl ihre Mama ihr. Als Artur und Pascal ins Zimmer kamen und sie so sahen, konnte Pascal nicht an sich halten: „Huch, Zelda! Starkes Outfit! Wen willst du denn anmachen?" – Erzürnt schrie sie: „Pascal, du gehst raus!"

Arthur schaute Pascal hinterher, der fluchtartig den Raum verließ, und fragte vorsichtig nach, ob sie sich nicht vielleicht etwas anderes anziehen möchte. „Doch, ich wollte mich gerade umziehen", blaffte sie auch ihn an. Daraufhin machte er auf dem Absatz kehrt und folgte Pascal nach unten in die Küche, wo sie auf Zelda warteten.

Sie wartete ab, bis Arthur die Tür hinter sich zugezogen hatte, denn auf gar keinen Fall wollte sie sich vor ihm umziehen. Sie wühlte in ihren Schränken und in der Kommode nach Klamotten, die allesamt zwar großartig aussahen, aber nicht ganz so flott waren wie diejenigen, die sie gerade anhatte. Erst schlüpfte sie in eine weiße Hose und ein luftiges weißes T-Shirt, merkte dann aber, dass man sowohl den BH als auch den Slip durchschimmern sah, beide knallrot. Sie entschied sich um für eine schwarze Hose und ein schwarzes T-Shirt.

Arthur und Pascal erwarteten sie draußen im Garten, und zu dritt machten sie sich auf den Weg zur Disco. Unterwegs verwandelten sie ihre Haare wieder in strahlendes Silber. Dann, in der Disco, fielen sie durch eben diese ausgefallene Haarfarbe auf. Einige griffen ihnen sogar in die Haare in der Annahme, es handele sich um

Perücken, zeigten sich erstaunt, dass es nicht so war –
sondern echtes Haar – und wollten wissen, woher man
diese Farbe bekommen könne. Die Freunde antworteten
stets das Gleiche: dass die Farbe von weither sei und
man sie auch nicht übers Internet bestellen könne.

Es wurde eine lange durchtanzte Nacht.

Beim Verlassen der Disco drängten viele darauf, die
Telefonnummer ihres Friseurs zu erfahren. Aber als
denen bedeutet wurde, dass sie keinen Friseur hätten,
hakten immer noch einige nach, welche Farbe sie dafür
kaufen müssten, um auch so schöne silberne Haare zu
bekommen.

Auf nach Nox

Am Wochenende nach Ostern war es so weit: Die Freunde bereiteten sich für die Reise nach Nox vor. All das, was sie mitzunehmen gedachten, stellten sie im Hof von Zeldas Zuhause zusammen, einschließlich des Katzenfutters in einer Frischhaltebox. Zeldas Zepter sowie Arthurs und Pascals Waffen steckten in einem großen Rucksack. Die Eltern der drei waren dazugekommen, neugierig darauf, wie das mit dem Portstein funktioniert; außerdem wollten sie sich auch ordentlich von ihren Kindern verabschieden.

Kurz vor der Abreise nahm man sich noch einmal herzlich in die Arme, drückte einander, gute Ratschläge wurden erteilt … und mit Küssen auf Wange und Stirn verabschiedeten sich Eltern und Kinder voneinander.

Arthur und Pascal hoben die Box hoch, Zelda übernahm den Rucksack. „Passt gut auf euch auf!", rief Zeldas Mama ihnen nochmals zu. – „Ja, danke, machen wir", versicherten die drei … und die Reise begann. Sie berührten den Portstein, der daraufhin aufleuchtete und sie auf ihre wunderbare Reise nach Nox mitnahm.

Die Sonne im Land der Tiermenschen war soeben aufgegangen. Einige von ihnen waren bereits aufgestanden und liefen neugierig nach draußen, um zu sehen, wer so früh am Morgen ihr Dorf besuchte.

„Hallo, wir sind wieder da!", rief Arthur und winkte ihnen zu. Diejenigen unter ihnen, die schon munter waren, freuten sich über die Maßen, ihre Menschenfreunde wiederzusehen. Die aber begaben sich zunächst zu Sallys Haus in der Hoffnung, sie dort auch anzutreffen.

Zelda klopfte an und ging, nachdem niemand reagierte, hinein. Sally lag noch in ihrem Bett und schlief, leise schnurrend. „Sollen wir sie aufwecken?" – „Nein, Zelda, lass sie weiterschlafen; in der Zwischenzeit bereiten wir für sie das Frühstück zu und überraschen sie damit", schlug Arthur vor und stellte, unterstützt von Pascal, die Box mit dem Katzenfutter in Sallys Küche ab.

„Und was gibt's sonst noch zum Frühstück?", überlegte Pascal. Arthur schaute in der Vorratskammer nach, ob er da fündig werden würde. „Sie hat nicht mehr viel vorrätig, die Kammer ist fast leer. Nur noch diesen Schinken, etwas Salami, ein kleines Stück Käse, einen Kanten Brot und Gewürze", zählte Arthur auf.

„Oje, da kann man ja nicht allzu viel daraus machen. Aber ich habe da eine Idee. Wir können doch was vom Katzenfutter für sie zubereiten." – „Gut, Zelda." Und schon machten sich die Jungs ans Werk. Sie holten zwei Teller und eine Schüssel für die Milch. Auf den einen Teller kam das Futter aus der Dose, auf den anderen trockenes Futter zum Knabbern. In die Schüssel füllten sie Milch, speziell für Katzen. Den Rest stellten sie wieder in die Box und diese in die kühle Vorratskammer.

Sally war unterdessen aufgewacht und wankte, noch ziemlich schlaftrunken, in ihr Waschzimmer. Dass Besuch im Haus war, hatte sie noch nicht mitbekommen. Sie zog sich an, kämmte ihr Haare … und vernahm

plötzlich Geräusche aus der Küche. „Ist da jemand?",
rief sie in Richtung Küche. „Mama, bist du hier?" Keine
Antwort. Sie ergriff ihre Waffen und ging langsam
Richtung Küche, den Geräuschen entgegen in der Annahme, ein wildes Tier oder, schlimmer, ein Einbrecher
wäre im Haus. Sie riss den Vorhang beiseite ... und da
standen Arthur und Pascal, die sie mit eine herzhaften
Buh erschreckten. Sally erschreckte sich dermaßen, dass
sie in die Luft sprang, einen Satz zurück machte, auf
ihrem Hintern landete und Arthur und Pascal böse an-
knurrte. Aber nur für einen kurzen Augenblick. Die
Jungs lachten aus vollem Hals, halfen ihr auf die Beine
– und Sally stimmte in das Lachen mit ein.

„Na, hast du dich erschreckt?" Pascal konnte sich ein
Grinsen nicht verkneifen. – „Erschreckt? Ich hätte mir
beinah in die Hose gemacht", antwortete Sally.

„Komm, Sally, wir haben Frühstück für dich mitgebracht", ermunterte Zelda sie, dirigierte sie auf ihren
Platz und stellte die Teller und die Schüssel mit Milch
vor sie hin.

„Was ist das denn?" – „Sally, dies ist was zum
Knabbern und das hier ist Rindfleisch mit Soße, dazu
Milch, extra für Katzen." Zuerst schlabberte Sally etwas
von der Milch. „Hm, die schmeckt aber gut", stellte sie
fest und leckte sich die Lippen. Dann probierte sie vom
Trockenfutter. „Hm, lecker", meinte sie, während sie an
einer der kleinen Figuren knapperte. Für das Rindfleisch
mit Soße nahm sie den von Zelda bereitgelegten Löffel.
„Oh, ist das gut. Wollt ihr auch was davon abhaben oder
darf ich das alles allein essen?" – „Nein, das ist alles für
dich. Iss ruhig alles auf, wir essen auf der Erde so was

nicht, das ist ein Essen, extra für Katzen zusammengestellt." Worauf Sally ganz verwundert dreinschaute. „Zelda, Warum esst ihr denn diese leckeren Sachen nicht?" – „Wir Menschen essen solche Art Speisen nicht. Das ist halt nur für Katzen", antwortete Zelda schulterzuckend.

Sally hatte ausgiebig gespeist und informierte ihre Besucher darüber, dass heute der Tag sei, an dem Hecuba bei ihr vorbeikommen wollte. „Sie kommt immer einmal in der Woche her, um zu sehen, wie es mir geht. Sie fragt auch immer nach euch und wann ihr wieder mal hier seid." – „Aha. Und heute ist also der Tag, an dem sie kommt?", fragte Arthur überflüssigerweise. – „Ja, sie kommt alle sieben Tage, immer so um die Mittagszeit herum. Sie wird sich freuen euch zu sehen. Sie hat euch sehr vermisst, ebenso wie Prinzessin Cindy."

„Ja schön, es ist nur so, wie wollen diesmal nach Vive reisen, um nach Saffi zu schauen. Wenn jedoch Hecuba heute hierher kommt, brauchen wir sie ja nicht noch in Vive zu besuchen, sondern können sofort zu Saffi gehen. Anschließend wollen wir ins Tal des Mondes aufbrechen, zu den Mondelfen reisen. Wir haben da noch ein paar Fragen an die Hohepriesterin, denn nach der Mondsilbertaufe hat sich für uns so einiges geändert", klärte Zelda sie auf. – „Ja, das habe ich auch bemerkt. Ich kann jetzt des Nachts noch besser sehen und ich auch spüren, wie sich die Pflanzen fühlen. Außerdem leuchten meine Augen richtig hell in der Nach." – „So richtig hell? Ist uns noch gar nicht aufgefallen", sprach Pascal verwundert, „aber vielleicht ist das auch nur bei dir so, weil du sowieso andere Augen hast als wir. Und außerdem ist's ja taghell, deine Augen aber leuchten ja nur in der Nacht."

„Wisst ihr, was ich von Hecuba bekommen habe?" Sally blickte in die Runde. – „Keine Ahnung. Was denn?", fragte Zelda neugierig. – „Ich habe von ihr ein kleines Büchlein bekommen, in dem viel Wissenswertes über die Elfen steht. Es wurde geschrieben von einer Menschenfrau, die ein Jahr bei den Elfen gewohnt hat", antwortete Sally stolz.

Nun setzten sie sich an den Tisch in der Stube, und Sally beschrieb, was sie aus dem Buch erfahren hatte und zeigte dieses den Freunden. „Also, hier in dem Buch stehen Dinge drin, die erklären, was bei Elfen als normal gilt, bei uns aber nicht. Wusstet ihr, dass es bei den Elfen unhöflich ist, wenn die Weibchen oder Frauen, egal von welchem Volk, bekleidet sind?" Sallys Zuhörer wunderten sich ein bisschen, dann aber auch wieder nicht.

Sally fuhr fort: „Zum Beispiel steht auch darinnen, dass Elfenweibchen ihren Busen als ganz natürlichen Teil ihres Körpers ansehen. Will man etwa die Aufmerksamkeit einer unaufmerksamen Elfe erringen, so kratzt man, egal ob männlich oder weiblich, an deren Busen. Dann merkt sie, dass jemand was von ihr möchte. Männchen allerdings dürfen nicht gezielt an die Brust eines Weibchens fassen, das würde dieses als unangenehm empfinden. Was auch normal ist. Wenn das eine Weibchen einem anderen Weibchen etwas verspricht, so fasst ersteres mit der rechten Hand an die Seite der linken Brust der anderen. Nimmt das andere Weibchen an, so macht dieses es umgekehrt auch so.

Es wird auch beschrieben, dass Begrüßungen von weiblich zu weiblich, männlich zu männlich und weiblich zu männlich sich unterscheiden.

Begrüßen sich zwei Elfenmännchen, geben sie sich entweder einen Handschlag mit angewinkeltem Ellenbogen in Richtung Erde oder aber die Hand und klopfen sich dabei auf die Schulter.

Begrüßen sich ein Elfenmännchen und ein Elfenweibchen, geben sie sich die Hand.

Und begegnen sich zwei Elfenweibchen, so umarmen sie sich. Und da spielt auch der Geruch des Geschlechtsorgans eine Rolle; diesem kann man entnehmen, ob das Weibchen gesund oder aber krank ist. Einem Weibchen ist auch erlaubt, am Geschlechtsorgan des anderen Weibchens zu riechen – nicht aber einem Männchen. Der Körpergeruch, er wird hauptsächlich vom Geschlecht einer Elfe bestimmt, zeigt sozusagen den Gesundheitsstatus an. Riecht es angenehm, so ist die Elfe gesund. Ebenso kann man an Brust, Gesicht und Ohren erkennen, wie es der Elfe psychisch geht. Hängen sowohl die Brüste als auch die Ohren, so ist die Elfe entweder traurig oder es geht ihr nicht gut, sie ist krank. Stehen die Ohren dagegen gut und sind die Brüste fest, erscheint die Elfe in den Augen von Männchen sehr attraktiv, sie ist kerngesund.

Außerdem lässt sich an den Brüsten auch erkennen, wie gut oder schlecht eine Elfe sich ernährt. Sind sie dünn und hängen, hat die Elfe seit Tagen nichts gegessen. Sehen sie dagegen gut aus, füllig und fest, ist die Elfe gut genährt; sind sie überaus groß, isst die Elfe zu viel.

Die Menschenfrau schreibt zudem, dass nach ihrer Erfahrung Fett und Energie der Elfenweibchen sich nicht wie bei uns Menschen in der Hüfte, sondern im Brustkorb bemerkbar machen. Die Weibchen sind aber stets schlank und haben einen relativ großen Busen, der deshalb so groß ist, weil er als Gegengewicht des …"

„Tja, dann fehlen hier die weiteren Seiten. Das Buch hat wohl mal ein Schädling angefressen, der Bücherwurm." Sally beendete somit das Vorlesen und ihre eigenen Gedanken hierzu; die anderen hatten ihr aufmerksam zugehört.

„Ja, ich frage mich wirklich, warum sie einen derart großer Busen haben und wozu der als Gegengewicht dienen soll", überlegte Zelda. –„Tja, ihre Busen sind in der Tat ein wahrer Blickfang. Nur als Gegengewicht", bemerkte Pascal. – „Und was mir auch früher schon aufgefallen war, ist, dass sie keine Körperbehaarung haben, von ein paar Härchen auf dem Kopf abgesehen, sonst nirgends und nicht so wie bei uns Menschen", warf Arthur ein. – „Stimmt. Aber ich bin mir sicher, wir werden es irgendwann herausfinden", beschloss Zelda die Überlegungen der Runde.

Es ging auf den Mittag zu, und Hecuba bereitete sich auf die Reise mit ihren Portstein vor, um ins Tiermenschen-Dorf zu reisen. Saffi würde solange auf Cindy aufpassen, die sie in letzter Zeit des Öfteren besucht, bis Hecuba wieder zurückkäme. Hecuba reiste ab und war im Handumdrehen im Tiermenschendorf angelangt. Umgehend begab sie sich zu Sallys Haus, wo die Freunde sie schon erwarteten. „Dahinten kommt

Hecuba ja …", rief Pascal, der von einem oberen Fenster aus nach ihr Ausschau gehalten hatte. Sally öffnete die Tür, begrüßte sie und bat sie einzutreten.

„Guten Tag, Sally. Du siehst so glücklich aus", stellte Hecuba fest. – „Bin ich auch, weil ich lieben Besuch bekommen habe." Sally deutete strahlend hinter sich, auf die Freunde. Arthur, Zelda und Pascal gingen auf Hecuba zu und umarmten sie herzlich. „Es ist schön, euch wieder zu sehen, auch dass es euch allen gut geht, freut mich." Hecuba rollten ein paar Freudentränen die Wangen herab.

„Es ist auch schön, dich wieder einmal zu sehen. Und wir hoffen, es geht dir ebenso gut, Hecuba", sagte Zelda. Gemeinsam traten sie in Sallys Stube ein und setzten sich um den Tisch herum.

„Was hat euch denn wieder nach Nox verschlagen?" Hecuba war einfach nur neugierig. – „Wir wollen ins Tal des Mondes, zu den Mondelfen, um uns einige Informationen zu holen", erklärte ihr Arthur. – „Und ist Saffi denn nun schwanger?" Zelda konnte sich nicht zurückhalten, wollte endlich Genaueres erfahren. – „Gut dass du nachfragst, sie ist in der 26. Woche und hat schon einen ordentlich dicken Bauch." – „Aber dass sie gleich zwei Kinder bekommen wird, weiß sie doch wohl?" – „Arthur, ja klar. Sie freut sich schon auf die beiden Kinder. Und da sie keinen Mann kennengelernt hat, der sie lieben und unterstützen könnte, hat sie dann trotzdem eine kleine Familie." Hecuba gab sich sehr zufrieden. – „Hat sie wirklich niemanden?", schaltete Zelda sich wieder ein. Für sich selbst fände sie es äußerst traurig, wäre sie ganz allein. – „Ach weißt du,

Zelda, sie hat immerhin mich und auch ihre Schwester, also ist sie nicht ganz allein."

„Langsam bekomme ich Hunger, denn heute habe ich noch nicht mal gefrühstückt", bemerkte Hecuba und spürte ihren knurrenden Magen. – „Ich habe aber gerade nicht viel im Haus, muss wohl erst mal etwas besorgen", überlegte Sally. – „Dann kommen wir mit", schlug Pascal spontan vor.

Sie besorgten Butter, Brot und ein bisschen Wurst vom Fleischer. Zurück im Haus schnitt Sally das Brot in Scheiben, Zelda strich Butter auf die Scheiben und belegte sie mit Salami und Schinken. „Das Brot aus eurem Dorf schmeckt wirklich gut, besser als bei uns auf der Burg", stellte Hecuba fest, die hier zum ersten Mal das Brot kostete.

Während des Essens redeten sie darüber, was sie so erlebt haben, seit sie sich das letzte Mal gesehen hatten.

Anschließend reiste Hecuba, mit einem frischen Laib Brot im Gepäck, zurück nach Vive.

„Und, wann brechen wir auf ins Tal des Mondes?", drängte Pascal. – „Wir könnten schon morgen hinreisen", schlug Sally vor.

Den restlichen Tag verbrachten sie draußen, im Dorf und auf der weiten Ebene davor. Arthur und Pascal brachten den Tiermenschenkindern das Fußballspielen bei, währenddessen Zelda mit ihrem Zepter so durch die Gegend flog.

In der Nacht schien der Vollmond richtig schön hell. Sally ging mit den anderen nach draußen … und da sahen sie es in Sallys Augen: Sie leuchteten so hell, silbrig weiß und klar wie der Mond. „Das sieht echt cool aus", staunte Pascal. – „Kommt ins Mondlicht", rief Sally, „eure Augen leuchten dann bestimmt genauso." Also traten sie ins Mondlicht … und tatsächlich, ihre Augen leuchteten besonders auf.

Das Licht des Mondes gab den Freunden nun Kraft und Mut. *Das ist verrückt*, fanden sie und konnten es nicht fassen.

Die neuen Fähigkeiten

Am nächsten Tag bereiteten sie sich auf die Reise vor. Sally holte ein bisschen Geld aus der Schatzkammer. Alles Sonstige, das sie mitnehmen wollten, packten sie in ihre Rucksäcke, vor allem Klamotten. Die Jungs nahmen ihre Jogginganzüge mit, Zelda raffte Schlüpfer, BHs, Slip-Einlagen, Tampons, Röcke und Oberteile in ihre Tasche, zudem eine Ersatzbrille. Sally kam wieder herein und fragte nach, ob sie so weit fertig seien.

„Ich bin so weit. Du auch, Pascal?" – „Schon gut, Arthur, auch ich bin bereit, nur Zelda braucht mal wieder ein bisschen länger." Indem er dies sagte, zog Pascal die Augenbrauen hoch und deutete mit einem Nicken des Kopfs in ihre Richtung. Zelda war im Nebenzimmer, dessen Tür weit offen stand, sodass man hineinschauen konnte, noch immer beschäftigt. Sally ging zu ihr, um zu sehen, ob auch sie demnächst reisefertig sein würde. „Zelda, wie sieht es aus?" – „Ja, gleich. Musste nur meine Tasche verzaubern, damit da mehr reinpasst." –„Ich habe meiner Mama Bescheid gegeben, dass wir zusammen verreisen und sie derweil auf mein Haus aufpasst und nach dem Rechten sieht und so", sagte Sally und ging mit den anderen nach draußen. Sie stellten sich wie immer in einem Kreis auf und reisten ab zum Tal des Mondes.

Über dem Tal des Mondes stieg soeben die Sonne auf. Sie waren am Rande der Mondstadt gelandet. Viele

Elfen gingen um diese Zeit schon schlafen. Die vier begaben sich wieder zum Wirtshaus, in dem sie das letzte Mal schon logiert hatten. Sally klingelte am Eingang – eine Tür haben die Häuser hier meist nicht.

Sie guckte, ohne Geräusche zu verursachen, vorsichtig hinein. Drinnen im Wirtshaus war es totenstill. „Hallo? Ist jemand da?", rief sie in den Raum hinein. Da knarzte mit einem Mal die Treppe und eine grünhaarige Elfe kam herunter. Die gähnte, erkundigte sich aber, ob sie vielleicht Zimmer haben wollten. „Ja schon", bestätigte Sally deren Frage, „wir hätten gerne zwei Doppelzimmer."

„Da habt ihr Glück, zwei sind noch frei." Die Elfe führte die Gäste zu den Zimmern. Sogleich machten es sich die vier in den Zimmern bequem und legten sich hin.

Nach ausgiebigem Schlaf begaben sie sich am Abend zum Tempel des Mondes. Die am Tempeleingang stehenden Wachen begehrten zu erfahren, was sie im Tempel wollten. „Wir möchten die Hohepriesterin etwas fragen." – „Sie schläft noch bis Mitternacht, denn sie hatte einen langen Tag, weil sie in ein paar Tagen, gemeinsam mit mehreren Elfen, zu einer großen Reise aufbricht", erklärte ihnen eine der Wachen.

„Eine Reise? Wohin?", fragte Sally nach. – „Sie reist mit dem Schiff zum Stammbaum von Nox. Aber wenn ihr mehr erfahren möchtet, müsst ihr heute gegen Mitternacht vorbeikommen und sie persönlich fragen." – „Heute um Mitternacht! Gut. Dann kommen wir eben um Mitternacht wieder", informierte Zelda die Wache. Höflich nickend verabschiedeten sie sich.

Um die Zeit bis Mitternacht zu überbrücken, spazierten die Freunde durch den Ort und die Umgebung, an einem kleinen Bach entlang, mitten durch eine Obstplantage und an einem See vorbei bis zu einer Wiese. Dort zog Pascal die Schuhe aus und tauchte die Zehen ins Wasser. „Ist gar nicht so kalt, wie es aussieht", stellte er fest. Nun entkleidete er sich bis auf die Unterwäsche und sprang hinein. „Kommt rein", rief er ihnen zu, „das Wasser ist herrlich." Die drei sahen sich unschlüssig an. „Kommt, ihr drei, zieht euch aus und springt auch rein!", ermunterte Pascal sie, während er im See umherschwamm. – „Wenn du denkst, ich ziehe mich vor dir aus, hast du dich geschnitten", zierte sich Zelda und zeigte ihm einen Vogel. Sally und Arthur aber schnappten sie sich und schmissen sie in voller Montur ins Wasser, woraufhin die beiden, auch in voller Montur, ihr hinterher sprangen. – „He, das war gemein!", protestierte Zelda und schaute Pascal böse an, woraufhin die Jungs und auch Sally ordentlich lachen mussten. – „Aber dein Gesicht hättest du sehen müssen", prustete Pascal. – „Jetzt bin ich ganz nass, auch meine Slip-Einlage ist voller Wasser", schimpfte sie weiter." – „Was ist denn eine Slip-Einlage?", wandte Sally sich an Arthur. – „Darin wird bei Frauen die monatliche Blutung aufgefangen." – „Okay, das verstehe ich."
Da sie alle miteinander im Wasser gewesen waren, mussten sie sich erst mal halbwegs abtrocknen, anziehen, aber mit nassen Kleidern weiterlaufen. Etliche der Dorfbewohner fragten sich, weshalb die vier so nass waren. Was die dachten, störte die Freunde aber nicht; sie hatten auf jeden Fall Spaß gehabt, am Ende sogar Zelda. Nachdem sie nebenbei auch etwas gegessen hat-

ten, machten sie sich, in trockenen Sachen, wieder auf den Weg zum Tempel des Mondes.

Mittlerweile war es Mitternacht geworden. Die Freunde waren am Tempel angelangt, in dem sich ebenfalls eine Wasserfläche ausbreitete, ähnlich einem kleinen See. Die Hohepriesterin hatte ausgeschlafen und saß mit ihrer Tochter Jessika am Esstisch.

„Hallo, wir sind wieder da!", rief Pascal den beiden zu. – „Arthur, Zelda, Sally, Pascal! Ihr seid zurückgekommen, wie schön", rief Jessika erfreut. – „Ja nun, wir sind gekommen, weil wir Sehnsucht nach euch hatten und ein paar Fragen an euch haben." Zelda lächelte Jessika an und freute sich, dass es Jessika offensichtlich recht gut ging.

„Na gut, aber jetzt kommt, setzt euch mit an den Tisch und esst was", lud die Hohepriesterin die vier ein und ließ für die Freunde weitere Stühle dazustellen. Sie nahmen Platz und ließen es sich schmecken.

„Wir hatten euch schon erwartet. Aber was habt ihr denn für Fragen?", erkundigte sich die Hohepriesterin.

„Seitdem wir die Mondsilbertaufe erhalten haben, hat sich bei uns viel verändert", begann Zelda. – „Nun, ihr seid jetzt keine richtigen Menschen mehr, sondern nun zum Teil Elfen, auch wenn man es euch auf den ersten Blick nicht ansieht ...", sprach die Hohepriesterin, „... dass bei euch Elfen-Eigenschaften stärker zum Vorschein kommen werden."

Die Freunde staunten. „Aber solche schönen spitzen Ohren wie ihr haben wir noch nicht", warf Arthur ein und schnippte an sein rechtes Ohr. – „Doch, die habt ihr schon, habt aber im Moment eure Menschengestalt angenommen, weil die euch am vertrautesten ist. Nehmt ihr eure Elfengestalt an, habt ihr spitze Ohren und auch Flügel." – „Flügel? So wie alle eure Weibchen?", fragte Sally. – „Genau. So wie alle Weibchen; nur die haben Flügel. Die Männchen haben keine", beantwortete Jessika diese Frage. – „Kann man denn damit auch fliegen?" – „Ja, Zelda, das könnt ihr dann wirklich." – „Wie können wir denn die Flügel hervorholen?" – „Sally, das kann ich euch gern zeigen", schlug Jessika vor und ging, nachdem sie fertig gegessen hatten, mit ihnen ins Freie.

Sie begaben sich in einen kleinen Blumengarten, in dem ihnen Jessika nun beschrieb und demonstrierte, wie man die Flügel hervorholen konnte.

„Ihr habt noch niemals eure Flügel benutzt?" Die schüttelten die Köpfe. „Na gut, dann könnt ihr euch aussuchen, wie sie auszusehen haben. Habt ihr eure Auswahl getroffen, sehen eure Flügel genau nach eurem Wunsch aus."

Zelda will es zuerst versuchen. „Was muss ich tun, Jessika?" – „Stelle dir deine Flügel vor und dann fahre sie aus." Zelda konzentrierte sich und schaffte es schließlich. Sie hatte sich große blau-rosa Flügel wie ein Schmetterling vorgestellt ... und genauso sahen die nun aus. Arthur und Pascal versuchten es auf die gleiche Weise, bekamen aber kein Flügel, stattdessen spitze Ohren.

„Da hast du dir aber schöne Flügel ausgesucht. Und so sehen meine aus ..." Jessika breitete ihre Flügel vor den Freunden aus. Schlichte Flügel, die nicht so viel hermachten wie die von Zelda. Sie waren eher blass wie Haut und ein Mond war darauf zu sehen. – „Wir haben deine Flügel auch noch nie entfaltet zu Gesicht bekommen; stets waren sie nur eingeklappt. Aber warum sind deine Flügel nicht auch so bunt wie die der anderen Elfen hier, die uns so begegnen?" Zelda konnte ihre Verwunderung nicht verbergen.

Jessika erklärte ihnen nun, dass ihre Flügel erst, wenn sie erwachsen geworden sei, bunt werden würden. Also, wenn ich geschlechtsreif geworden bin, werden die Flügel nicht nur größer, sondern auch farbig, dicker und kräftiger. Ich bekomme dann meinen Busen, der schon am Wachsen ist ... und es geht dann auch bald los, dass meine Flügel bunt werden."

Während Jessikas Erläuterungen suchte Sally noch immer nach der richtigen Idee, wie denn ihre Flügel aussehen sollten. Nach kurzem Überlegen entschied sie sich für hellgrün-rote Flügel mit der Form von Lenya-Blättern.

„Und wie können Zelda und Sally die Flügel und wir die Ohren wieder verschwinden lassen?" Eine wichtige Frage. Arthur musste dies unbedingt in Erfahrung bringen. – „Oh, danke für deine Frage. Die Flügel müsst ihr zusammenklappen und euch nun darauf konzentrieren, sie verschwinden zu lassen; dann sind sie wieder verborgen. Wollt ihr sie hervorrufen, müsst ihr genau das Gegenteil tun."

Sie übten das Ein- und Ausfahren so lange, bis es richtig gut und schnell funktionierte.

„Ich kann meine Flügel nicht so verschwinden lassen wie ihr. Bei den Ohren verhält es sich genauso. Aber ihr denkt einfach daran, dass die Ohren ihre ursprüngliche Form annehmen sollen ... und schon geschieht das", erläuterte Jessika. Die Jungs befolgten sogleich ihren Ratschlag ... und siehe da, es funktionierte.

„Sieh mal, Jessika, unsere Flügel sind starr, deine nicht; deine sind so ... wabbelig. Wie kommt das?" – „Meine Flügel, Zelda, bestehen vollständig aus Haut und Muskeln. Das wird in der kommenden Zeit bei dir und Sally auch noch so werden. Es dauert eben alles seine Zeit. Genauso, wie ihr auch solche Busen bekommen werdet wie unsere erwachsenen Elfen."

„So, jetzt üben wir das Fliegen", schlug Jessika vor und erhob sich hoch in die Luft. „Ihr müsst eure Flügel schnell bewegen, dann hebt ihr ab. So wie ich." Zelda und auch Sally versuchten es, aber bei ihnen wollte es nicht so recht gelingen, sie blieben auf dem Boden. Aller Anfang ist eben schwer, weswegen sie es immer und immer wieder versuchten, bis das Abheben gelang, wenn auch nur ein bisschen vom Boden weg. „Na ja, in Ordnung, liebe Menschenweibchen, euer Gehirn muss wohl die Flügel erst noch anlernen. Aus diesem Grund könnt ihr sie noch nicht so richtig kontrollieren", meinte Jessika, um die beiden zu beruhigen.

Zelda war das auf die Dauer zu anstrengend, weshalb sie verkündete, lieber mit ihrem Zepter zu fliegen, das ginge einfacher.

Nach einer guten Stunde Flugübung aber hatten sie den Dreh raus und flogen gemeinsam mit Jessika durch die Gegend. Arthur und Pascal schauten einfach nur zu. Sally allerding fiel das Fliegen gar nicht leicht, bis ihr eine Idee kam: Sie wandelte ihr Haar einfach in Silber um ... und schon ging das Fliegen wie von selbst. Jetzt fühlte es sich nicht mehr an, als würde sie Steine tragen, vielmehr fühlte sich Sally nun leicht wie eine Feder. Zelda probierte das auch aus ... und sie da, es funktionierte auch bei ihr. Jetzt waren die beiden sogar in der Lage, richtig schnell zu fliegen.

„Meine Flügel tun mir langsam weh", klagte Zelda. – „Mir meine auch", jammerte Sally, total geschafft vom dem vielen Herumfliegen. – „Es ist nicht mehr weit", rief ihnen Jessika zu. „Und noch etwas: Falls ihr mal wieder mithilfe der Flügel in anderen Ländern umherschwirren wollt, so fliegt nicht bei Minusgraden, weil sonst eure Flügel kaputtfrieren, was dann erst recht weh täte", warnte sie die beiden. „Nur meine Flügel halten warm, weil sie aus Muskeln und Haut bestehen, eure dagegen nicht; eure sind derzeit noch zart und hart wie Schmetterlingsflügel. Deswegen flattert ihr auch so, könnt keine geraden Linien fliegen. Das wird schon noch, wird aber noch viele Monate dauern. Vielleicht bis zum Frühling."

Darauf waren Zelda und Sally schon sehr gespannt.

Vorbereitung für die Fahrt

Die Freunde nahmen im Wirtshaus ein Mitternachtsmahl ein. Danach begaben sie sich in ihre Zimmer und legten sich hin, denn wenn einen zum Beispiel die Flügel schmerzen und man sie einfährt, tut das auch dem Rücken nicht gut. Die Jungs waren nicht so müde wie Zelda und Sally, quatschten noch ein bisschen über dies und das und schliefen darüber doch ein.

Nach einem kurzen Schlaf aber hatten die Rückenschmerzen nachgelassen, woraufhin sowohl die Mädchen als auch die Jungs sich wieder erhoben.

Die kleine Mondelfen-Stadt war soeben zum Leben erwacht, die Sonne untergegangen und der Mond auf. So wie es aussah, war gerade Neumond. Elfenmännchen und -weibchen brachten Speisen und Getränke zu einem Wagen, vor den Pferde … nein, Katzen gespannt waren. Die Freunde gingen hinaus und erkundigten sich bei den Elfen, wohin sie mit all diesen Sachen wollten. „Das ist Verpflegung fürs Schiff, das in wenigen Tagen zum Elfenbaum fahren wird", gab ihnen eine grünhaarige Elfe bereitwillig Auskunft. – *Zum Elfenbaum?*, fragte sich Zelda und wollte, wie auch ihre Freunde, gern mehr darüber erfahren.

Sie beschlossen, nochmals zur Hohepriesterin zu gehen, um mehr zu erfahren über diesen Baum und auch, warum sie noch nie etwas von ihm gehört haben. Sie erwartete die Freunde schon. „Schön, dass ihr so schnell kommen konntet. Ich wollte euch fragen ob ihr mit mir zum Elfenbaum reisen wollt. Eine Reise dahin unternehmen wir nur sehr selten, und diejenigen, die mitkommen, müssen sich dieses Privileg verdienen. Dies habt ihr schon damit getan, dass ihr meinem Abkömmling das Leben gerettet habt." Sie fühlten sich sehr geehrt ob ihrer Worte, auch wenn sie sich unter dem Elfenbaum noch nichts vorstellen konnten.

„Was ist das eigentlich für ein Baum?" – „Liebe Zelda, der Elfenbaum, wie wir Elfen ihn nennen, ist der größte Baum, den es hier auf Nox gibt. Der Baum ist so riesig, dass man ihn aus sehr weiter Entfernung, sogar aus dem Weltall sehen kann." Sie waren zwar fasziniert von der Größenangabe, konnten sich diese aber nicht so recht vorstellen. Die Hohepriesterin fuhr fort: „Da begann alles Leben auf Nox, und nur Elfen können dahin zurückkehren."

„Wahnsinn! Und dorthin fahren wir mit einem Schiff?" – „Ja, Arthur, der Baum steht mitten im Meer und kann nur mit einem Schiff erreicht werden", ergänzte Jessika. „Und weil das so ist, bereitet euch schon mal auf die Fahrt vor, sie wird lange dauern." – „Können wir denn nicht einfach mit dem Portstein dorthin reisen?" überlegte Sally. „Das geht doch viel schneller." – „Nein, man reist nicht mit einen Portstein dorthin, sondern fährt mit dem Schiff, auch wenn es etwas länger dauert", antwortete die Priesterin kurz und bündig.

„Ich habe gar nicht gewusst, dass ihr hier einen Hafen habt", sagte Pascal verwundert. – „Haben wir auch nicht", klärte ihn Jessika auf, „wir begeben uns durch ein Portal, das uns zum Hafen bringt ... und da erwartet uns das Schiff." – „Aha. Und wie viele weitere Elfen werden uns begleiten?", erkundigte sich Sally. – „Wir nehmen noch weitere zweihundert Mondelfen mit." – „Oha, dann muss das aber ein sehr großes Schiff sein. Oder, Jessika?" – „Wir werden ja auch nicht die Einzigen sein, die mitfahren. Dieses Jahr ist das Elfenjahr, da treffen sich sämtliche Elfen aus allen Königreichen auf diesem Baum", informierte die Hohepriesterin sie.

Die vier waren erfreut, sehr aufgeregt und extrem gespannt darauf, was sie erwarten würde.

„So, nun packt eure Sachen zusammen. Alles Weitere erzähle ich euch auf dem Weg dorthin", forderte die Hohepriesterin sie zum Schluss auf. Die Freunde, die ihre wenigen Sachen ja längst schon gepackt hatten, halfen den Elfen bei der Zusammenstellung von Lebensmittelvorräten, die mit aufs Schiff sollten. Zelda ließ Mehlsäcke in eine Kutsche schweben, Arthur, Sally und Pascal befestigten die Säcke mit Seilen, sodass sie nicht runterfallen konnten.

Aus reinem Interesse gingen sie einer der Kutschen hinterher, um zu sehen, wo sich das Portal befand.

Sie folgten der Kutsche durch den Wald, eine Straße entlang und einen kleinen Hügel hinauf. Dort oben befand sich ein runder Torbogen, durch den man hindurchschauen konnte. Dahinter war der Hafen zu erkennen. Die Kutsche passierte den Torbogen, die Freunde hinterdrein – schon waren sie im Hafen angelangt. Die Kutsche hielt mittlerweile vor dem Schiff der Mondelfen an.

Das Schiff war vollständig in Mondsilber angestrichen, wies drei hohe Masten auf, und auf dem mittleren

Mast flatterte leicht im Wind eine Fahne, die das Wappen der Mondelfen trug: ein silberner Sichelmond auf meerblauem Hintergrund.

Nachdem diese Kutsche ausgeladen war, kam bereits die nächste durchs Portal gefahren. Die vier entschieden sich für einen Spaziergang quer durch den Hafen, um sich einen besseren Eindruck zu verschaffen. Sie entfalteten Flügel und Ohren, damit sie von jedem anderen auch als Elfen erkannt wurden. Soeben lief ein Frachtschiff ein. Der Hafen erwies sich als ziemlich groß und weitläufig, mit zehn verschiedenen Docks. An denen legten beständig Dampfschiffe, Segelschiffe und wohl auch große Dieselschiffe an oder aber waren im Begriff abzulegen. Die Menschen, die im Hafengelände lebten und arbeiteten, waren nicht sonderlich groß, etwa so 1,70 m wie die Erdlinge auch, und trugen alle hellbraunes Haar.

Gerade kam die Hafenmeisterin auf die Hohepriesterin zugelaufen und unterhielt sich mit ihr. Die beiden guckten sich dann um im Gelände, denn hier lagen auch die Schiffe anderer Elfenstämme und wurden auf die Seefahrt vorbereitet.

Voller aufregender Eindrücke flogen die Freunde zurück zum Torbogen, denn auch im Hafen war die Sonne im Begriff unterzugehen, während es im Tal des Mondes bereits dunkel war. Die Augen der vier leuchteten ordentlich auf im Mondschein, nachdem sie das Tor durchquert hatten. Sie falten die Flügel zusammen und kehrten zurück zur Mondstadt.

Dort, auf den Marktplatz, war nun mächtig was los. Zahlreiche Stände hatte man aufgebaut, um Ware feilzubieten. Zelda hielt bei einem Stand, an dem eine Elfe andere Elfen, vorwiegend weibliche, schminkte.

„Hallo. Wie ich sehe, verschönerst du diese Elfenmädchen", sprach Zelda sie an. „Das sieht wunderschön aus." – „Stimmt. Wenn du magst, verschönere ich für ein Silberstück auch dich. Diese hier sind übrigens keine Mädchen, sondern Weibchen, keine normalen Menschen." – „Entschuldige bitte, ich wollte dich nicht verletzen", antwortete Zelda. „Für ein Silberstück kann ich das gern machen lassen." Sie stellte sich in der Schlange an, bezahlte die Frau, als sie an der Reihe war, und ließ sich schminken. „Kann man bei dir Schminke auch kaufen?" Das sei sehr wohl möglich, wurde ihr beschieden. Und schon zauberte sie Zelda einen metallicsilbernen Mund und schminkte die Lider blau, um ihre Augenfarbe zu unterstützen, die Augenbrauen silbern und die Wimpern hellblau.

„So, fertig. Das passt perfekt zu deinen silbernen Haaren", befand die Elfe und reichte Zelda einen kleinen Spiegel. – „Wahnsinn! Ich sehe mich total verändert, aber auch wunderschön." Zelda war echt begeistert. „Ich hätte gerne was von der Schminke." – Die Elfe packte ihr das Gewünschte in eine kleine Tasche. „Das macht zusammen zehn Silberlinge." Zelda bezahlte und kam mit neuem Gesicht zurück, musste aber die anderen erst mal suchen. Die Elfe rief ihr noch hinterher, dass sich die Schminke nicht so leicht abwaschen ließe. „Das macht nichts, Hauptsache, ich sehe hübsch aus." Zelda strahlte vor lauter Zufriedenheit.

Ihre Freunde erkannten sie auf den ersten Blick gar nicht wieder, weil sie so verändert aussah. Arthur meinte, ziemlich beeindruckt „Wow, Zelda du siehst einfach umwerfend aus." – „Danke schön. Ja, ich habe mir auch gleich einen Vorrat von der Schminke gekauft." Sie stellte das Täschchen mit den Utensilien auf den Tisch, an dem sich die Freunde niedergelassen hatten, um sich auszuruhen und auf sie zu warten.

Auf dem Platz ringsum waren zahlreiche weibliche Elfen zu sehen, passend geschminkt zu deren weißblonden, blauen oder grünen Haaren. Etwas weiter im Hintergrund wurden Wein- und Wasserfässer, ferner auch Fassbrause und Bier auf Wagen verladen, um sie ebenfalls zum Schiff zu transportieren.

Mittlerweile war es schon gegen Mitternacht. Die vier begaben sich wieder ins Wirtshaus, um ein bisschen zu schlafen; sie waren rechtschaffen müde. Einfach nur so herumzulaufen ist doch anstrengender, als man denkt.

Am frühen Vormittag des nächsten Tages waren sie wieder halbwegs munter und fit. Pascal klopfte bei Zelda und Sally an, die sich gerade ankleideten. „Seid ihr schon wach?" – „Komm bloß nicht rein!", rief ihm Zelda durch die Tür zu und: „Weil wir überm Anziehen sind." – „Okay." Er brummelte noch, dass er und Arthur schon mal runtergehen würden. Fünf Minuten später waren Zelda und Sally, nach Bad- und Toilettengang, bereit für den Tag und kamen nach, um auch was zu frühstücken.

„Nicht mehr lange, dann fahren wir zum Elfenbaum", äußerte sich eine kleine Elfe, freudig erregt. Auch andere Elfen, die mitfahren durften, freuten sich auf die Reise. Nach dem Frühstück gingen die Freunde raus, um zu schauen, ob sie noch bei irgendwas helfen könnten. Das erwies sich jedoch als unnötig, denn alles war längst bestens vorbereitet. Sie sahen sich um im Mondtempel – und auch dort waren die abschließenden Vorbereitungen fast abgeschlossen. Kleidung, Schmuck und was Frau eben so braucht, ist eingepackt in getrennten Koffern, damit nichts durcheinandergerät.

„Hallo", sagte Zelda, worauf die Hohepriesterin und Jessika heftig erschreckten, da sie nicht mitbekommen hatten, dass jemand das Gemach betreten hatte. – „Oh, sei gegrüßt Zelda." Die Hohepriesterin bemerkte nun erst auch Sally, Arthur und Pascal. Sie trug nur eine Art durchsichtigen Morgenrock, doch störte es sie nicht weiter, dass ihre Besucher sie so sahen. Arthur und Pascal hatten sich höflichkeitshalber umgedreht. Die Damen aber ließen sich nicht beirren, sondern stopften noch dies und das in die Koffer, unter anderem etwas Schmuck ... fertig.

Dann aber wollte die Priesterin doch den Grund ihres Besuches erfahren. „Oh, wir wollten lediglich nachsehen, wie weit ihr seid. Wir werden unten auf euch warten." Noch immer hielten sich Arthur und Pascal vor Scham die Augen zu. Die Hohepriesterin zeigte sich über das Verhalten der Jungs verwundert, weshalb Zelda ihr und Jessika erklärte, dass es auf der Erde nicht üblich sei, so freizügig herumzulaufen. Die Priesterin konnte das nicht verstehen. „Also, wir Elfenweibchen bevorzugen das natürliche Kleid, verhalten uns nicht so komisch wie die Menschen." Die Freunde entsannen sich des Buches, aus dem Sally ihnen vorgelesen hatte, und dachten sich im Stillen: *Okay.* – „Wart ihr denn schon auf der Toilette und habt auch sonst alles erledigt?", fragte Jessika. – „Haben wir", bestätigte Arthur mit hochrotem Kopf. – „Schön, da können wir doch heute alle unsere Sachen aufs Schiff bringen." Und zu ihrer Mama gewandt: „Ich habe Hunger, Mama; können wir vielleicht noch was essen, bevor wir zum Schiff aufbrechen?" – „Das können wir gerne machen. Habt auch ihr Hunger? Dann leistet uns Gesellschaft", schlug die Priesterin vor. Zelda lehnte die Einladung ab, da sie schon gegessen hätten und sie jetzt ihre Sachen holen müssten, um dann gemeinsam mit ihnen an Bord zu gehen. – „Schön, dann treffen wir uns in einer Stunde hier", stimmte die Priesterin zu.

Eine Stunde darauf warteten Mama und Tochter vorm Tempel auf die vier. Von den Elfen, die da mitfuhren, waren bereits einige unterwegs zum Schiff. Von den vier Freunden aber keine Spur.

„Wo bleiben sie nur? Ich dachte, wir wollten sie hier treffen …" Jessika war besorgt. – „Sie kommen bestimmt gleich", beruhigte sie die Mama, doch fragten sie vorsichtshalber einige vorbeilaufende Elfen, allerdings vergeblich, ob diese die Freunde vielleicht irgendwo gesehen hätten. Also liefen sie los, trafen auf die vier dann aber in der Mondstadt.

„Na wo bleibt ihr denn? Wir warten schon lange auf euch", beschwerte sich Jessika. – „Entschuldigung, wissen wir, sind jetzt aber auch bereit aufzubrechen." Arthur gab sich verlegen. – „Gut, dann können wir ja endlich los."

Sie liefen zum Hafen, wo das Schiff vor Anker lag. Über eine kleine angelegte Holzbrücke gingen sie an Bord. Die Besatzung bestand aus Seeelfen und dem Kapitän. Seeelfen sind Elfen mit meerblauem Haar, blauer Haut und leuchtend blauen Augen. Die Seefahrt ist ihr ganzes Leben; sie fahren gerne zur See und befördern gern andere Elfenvölker über die Meere und Ozeane ans Ziel. Verwandt sind sie mit den Wasserelfen – mit dem kleinen Unterschied, dass Seeelfen keinen festen Wohnsitz haben und ihr Volk auch das kleinste unter den Elfenvölkern ist.

Die Unterkunft der Priesterin befand sich im Schiff ganz oben, sozusagen in der Königsklasse, wie man dies auf Erden bezeichnen würde. Die Räume aller anderen Mondelfen lagen weiter unten im Schiff. Die Räume kann man sich ausgestattet vorstellen wie in einem Hotel auf der Erde, mit Betten, Spiegel, Schränken und einem Badezimmer.

Durch ein kleines Fenster konnte man nach draußen blicken. Das Schiff war, wie schon gesagt, ein riesiger Dreimaster mit enorm großen Mondsegeln und der Flagge der Mondelfen sowohl am Bug, am Mast als auch am Heck. Es bestand komplett aus Holz. Überdies war jedes einzelne Zimmer anstelle eines normalen Bettes ausgestattet mit einer großen Schlafblume oder einem Schlafpilz.

Die Anzahl der Passagiere betrug ungefähr 200 Mondelfen.

Weiter hinten, in der Nähe der Docks, lagen gut 12 weitere Schiffe vor Anker, reserviert für die Passagiere anderer Elfenvölker. Eines dieser Schiffe stach gerade in See, und Pascal fragte sich, wohin dieses nun wohl fahren würde …

Auf ihrem Schiff gab es, um es noch etwas genauer zu

beschreiben, unzählige Pflanzen, auch eine Art Fernseher – ja, einen Fernseher, technisch überzeugend wie so vieles auf Nox – und etwas, das aussah wie ein Radar, hoch oben am Mast. Weder Zelda noch Pascal und Arthur waren jemals zuvor auf einem Schiff gewesen, hatten daher keine Vergleichsmöglichkeit. Aber dieses Schiff hier war unglaublich geräumig, gut 100 Meter lang, 30 Meter breit, lag aber nicht sonderlich tief im Wasser. Die Räume kamen den Freunden riesengroß vor, und sie hatten das Gefühl, dass hier ein Elfenzauber wirkte.

Nachdem sie ihre Rucksäcke und sonstigen Utensilien verstaut hatten, gingen sie an Deck und trafen dort auf die Hohepriesterin. Sie schaute aufmerksam zu, wie die Angehörigen ihres Volks an Bord kamen und unterhielt sich währenddessen mit dem Kapitän, der neben ihr stand. „Wenn es weiterhin so gut läuft, können wir heute noch vor Mitternacht in See stechen", meinte dieser.

Die Fahrt zum Stammbaum von Nox

Am Abend sollten planmäßig alle Passagiere an Bord sein; dies war auch der Fall. Die Freunde und Jessika hielten sich bereits an Deck auf und beobachteten das Ablegen des Schiffs. Auch viele andere Passagiere hatten sich an Deck eingefunden, um denjenigen Elfen, die nicht mit auf die Reise gehen durften, zuzuwinken.

Die Matrosen lösten die Taue und begannen mit dem Hissen der Segel. Zur Verwunderung der Freunde blähten sich die Segel sofort auf, obwohl doch kein Wind ging, und das Schiff fuhr in raschem Tempo voran. Wie das wohl funktionierte? Sie befragten die Hohepriesterin. Diese erklärte ihnen, es handele sich hierbei um magische Segel, sie würden von Sonnen- oder Mondlicht angetrieben, so lange, wie das Licht eben ausreichte.

„Das ist ja toll. Und wenn es wolkig ist?" – „Nun, Arthur, auch dann fährt das Schiff, wenn auch etwas langsamer. Es ist so, dass die Segel dieses Licht für eine gewisse Zeit speichern können."

„Wenn wir das Tempo so halten, sind wir in ein paar Tagen dort", meldete der Kapitän der Priesterin; er war gerade von der Brücke gekommen. – „Das ist gut, denn die Zeremonie wird in ein paar Tagen stattfinden, da darf ich mich nicht verspäten." Sie vermittelte den Anschein, ganz in Gedanken versunken zu sein. Und unsere drei fragten sich, was für eine Zeremonie das sein würde. „Wie nennt sich denn dieses Meer, das wir hier befahren?", wandte sich Zelda an die Priesterin, auch, um diese aus ihren Gedanken zu holen. – „Das ist das Elfenmeer. Eigentlich kein Meer, sondern ein riesiger Süßwassersee, den man nur mit einem Schiff durchqueren, nicht einfach so mal überfliegen kann. Nach vielen hundert Meilen, so nach einem Drittel des Sees, wächst auf einer Insel der Baum der Elfen. Mit seinem Stamm nimmt er die gesamte Insel ein; nur ein kleines Stück Land ist zu sehen, an dem man anlanden kann, sodass die Passagiere aussteigen können." Und sie fährt fort: „Auf Nox gibt es nicht nur diesen einen Ozean, wie wir den See nennen, sondern noch einen See im Landesinneren. Ungefähr fünfzig Prozent der Oberfläche von Nox sind mit Wasser bedeckt. Der Ozean – oder See – hier macht gerade mal rund ein Prozent der Wasserfläche aus, die übrigen neunundvierzig Prozent füllen einen unendlich weiten Ozean im Westen des Planeten Nox."

„Das kann ich mir gerade nicht so recht vorstellen", bemerkte Zelda. – „Du darfst nicht von den Verhältnissen auf der Erde ausgehen, sondern musst den Planeten Nox vor Augen haben. Vielleicht findest du irgendwann heraus, wie groß Nox tatsächlich ist und weshalb hier auf Nox die Anziehungskraft fast genauso stark wirkt wie auf der Erde. Aber das hat noch Zeit."

Der See glänzte in der untergehenden Abendsonne, während das Schiff in voller Fahrt Kurs auf die Insel und den großen Baum nahm. Die Freunde trafen sich mit der Hohepriesterin und Jessika im Esszimmer, um etwas zu sich zu nehmen, denn die Aufregung und vielen neuen Eindrücke hatten sie hungrig gemacht. Während sie sich stärkten, plauderten sie mit Jessika und deren Mutter und stellten die eine und andere Frage, etwa diese: warum eigentlich sie zum Baum fahren würden und um welche Art von Zeremonie es sich handele. Ihre Spannung wuchs, als die Hohepriesterin zu erzählen begann …

„Es begann vor ein oder zwei Milliarden Jahren, als der Baum anfing auszutreiben. Damals gab es noch kein Leben auf Nox, einzig diesen Baum. Irgendwann bekam der Baum Blüten, und aus den Blüten entstiegen zum allerersten Mal Elfen. Sie lebten in der Folge sowohl auf ihm als auch zu seinen Füßen, das heißt, zu seinen Wurzeln.

Auf diese Weise sind wir Elfen entstanden, aus Blüten. Der Baum hat große Blüten, die in der Nacht im Mondschein leuchten. Nach einiger Zeit, als der Baum größer und größer geworden war, brachte er verschiedenste Pflanzensamen hervor, die von diesen ersten Elfen in die verschiedenen Landesteile getragen wurden. Ich bin eine Zeitzeugin. Und ich war noch klein, als mir meine Mutter, die Mondgöttin Emune, gezeigt hat, wie sie den Baum gepflanzt hat. Und … ich bin auch die erste Elfe überhaupt, die es gab.

Wir, die Elfen, waren Milliarden Jahre alleine auf Nox, vereint nur mit den vielen Pflanzen. Es geschah dann aber so wie auch auf der Erde: Wo das Leben ist, da ist auch Veränderung. Ungeachtet dessen haben wir dem Leben im Ozean dazu verholfen, Leben zu generieren. Bei uns ist das so gekommen, dass wir über einen sehr langen Zeitraum stets in den Ozean reingepullert haben, wodurch sich über viele Jahre eine Bakterienkultur entwickelt hat, aus der alles weitere Leben sich formte. Das mag für euch jetzt etwas seltsam klingen, aber wir haben nicht nur reingepullert, sondern alles vom Toilettengang ins Wasser gelassen. Auf diese Weise gelangten Bakterien von uns ins Wasser und vermehrten sich dort. Daraus entwickelte sich sterbliches Leben. Nox hat viele Jahre der Evolution durchgemacht, es gab auch Massensterben, ganz wie auf der Erde. Nur dass alles Unsterbliche hier überlebt hat. Im Prinzip entspricht also die Entwicklung auf Nox derjenigen der Erde, die ja auch viel jünger ist, hier aber eben nur mit unsterblichen Wesen.

Genauso sind auch hier böse Wesen entstanden, etwa Trolle, Orcse und Riesen. Sie versuchen auch heute noch, ganz Nox zu erobern. Später entwickelten sich die Menschen als für uns starke Verbündete. Die auf Nox entstandenen Menschen besitzen allesamt magische Kräfte wie wir Elfen und kennen sich gut aus mit Kräutern."

Sie legte eine kleine Atempause ein und berichtete dann weiter.

„Der Zweck, weswegen wir zum Baum fahren und alle Könige der Elfenvölker die Zeremonie abhalten, ist, dass der Planet Nox für die Menschen neue magische Kräfte erhält und die Lebensenergie aller Pflanzen, die hier in der Welt sind, erneuert wird."

Die Freunde hatten sehr aufmerksam ihrer Erzählung zugehört.

Nach dem Essen begaben sie sich auf ihr Zimmer. Die Sonne war nun untergegangen, dafür schien der Mond hell. Zelda hielt es wegen einer inneren Unruhe im

Zimmer nicht aus; sie ging an Deck und stellte sich neben Jessika, die mit großen leuchtenden Augen den Mond betrachtete. „Der Mond sieht so schön aus, nicht wahr, Zelda?", meinte sie verträumt. – „Da hast du recht, er leuchtet heute wirklich außergewöhnlich hell. Er ist auch sehr nah", stellte Zelda fest. – „Wenn du richtig hinschaust, kannst du sogar die Mondgöttin sehen." – Zelda bemühte sich zwar, doch war da für sie nichts zu entdecken. „Ich sehe keine Mondgöttin", seufzte sie enttäuscht. Dann bemerkte sie, dass sie nicht die einzigen waren, die nach der Mondgöttin schauten. Viele Elfenmännchen und -weibchen schauten eben falls hoch zum Mond.

Plötzlich läutete laut eine Glocke, das Signal, dass sich alle Mondelfen in einem größeren Raum versammen sollten, in dem alle ausreichend Platz fanden.

Jessika und Zelda holten Arthur, Pascal und Sally und gingen mit ihnen gemeinsam zu diesem Raum. An dessen Decke wölbte sich eine Kuppel, durch die der Mond hereinschien. Als alle versammelt waren, beteten die Elfen den Mond beziehungsweise die Mondgöttin an. Die Hohepriesterin stand auf einem Podest und besprengte die Elfen mit hell glänzendem Mondwasser. Daraufhin begann der Mond noch heller zu leuchten. Arthur, Sally, Pascal und auch Zelda hatten von dem Wasser etwas abbekommen und fühlten sich jetzt einfach nur wunderbar. Nach etwa zehn Minuten war alles vorbei. Alle gingen wieder nach draußen und da … konnte Zelda mit einem Mal die Mondgöttin erkennen, als sie zum Mond hinsah. Vor Staunen blieb ihr der Mund offen stehen. „Ist das etwa die Mondgöttin?", raunte sie, woraufhin Jessika das bestätigte. Die Göttin glich einer großen Elfe, mit Flügeln in Mondform, langem blauen Haar und … sie war unbekleidet und erinnerte Zelda irgendwie an die Skulptur im Tempel des Mondes, ähnlich den Tempelskulpturen in ihrem Warcraft-Spiel zu Hause. Aber diese Übereinstimmung war wohl doch eher rein zufällig.

Eine Durchsage aus der Lautsprecheranlage – man ist verblüfft, doch derart raffinierte Technik gab es schon lange auf Nox, ein fortschrittlicher Planet: *Wir befinden uns nun auf offener See und nehmen volle Fahrt auf.* Das Schiff wurde merklich schneller und segelte nach ein paar Minuten mit voller Geschwindigkeit auf das Ziel zu.

Alle Mitreisenden hatten nun das Bedürfnis, sich für einen kleinen Moment zu entspannen. Einige machten es sich auf Liegestühlen an Deck bequem, andere vertrieben sich die Zeit mit Spielen. Pascal hatte Appetit auf Pommes, falls es solche hier überhaupt gab. Er ging in die Kombüse und fragte bei den Köchen nach, ob sie ihm vielleicht Pommes zubereiten könnten. Die Elfen guckten nur komisch, fragten dann aber nach, was das denn sei. Er erklärte ihnen, das Pommes aus Kartoffeln gemacht würden, die man zuvor schälen und in längliche Stücke schneiden müsste, um diese anschließend in heißem Öl zu frittieren.

„Kartoffeln und Pflanzenöl haben wir", meinte die Chefköchin. – „Gut, dann zeige ich euch, wie man Pommes macht." Er leitete die Köche an für die einzelnen Schritte. „Zuerst die Kartoffeln waschen, dann schälen, und die geschälten Kartoffeln in lange dünnere Stäbchen schneiden …" Die Köche waren stets offen für Neues und folgten begeistert seinen Anweisungen. Eine kleine Elfe notierte alle diese Schritte, um das Rezept für die Pommes-Herstellung festzuhalten.

„… die Kartoffelstücke auf Küchenpapier legen, damit sie etwas abtrocknen. Dann in einem Topf das Öl auf einhundertachtzig Grad erhitzen – und nun die Kartoffelstäbchen ins Öl geben."

Die Anweisungen wurden perfekt befolgt, und bereits nach etwa 10 Minuten holten sie die Pommes aus dem Topf. Pascal bestreute sie in einem letzten Schritt mit Salz. „So, das sind Pommes. Probiert doch mal, sie werden euch bestimmt schmecken." Um seinen Worten Nachdruck zu verleihen, nahm er sich gleich auch welche und kaute genüsslich darauf herum.

„Die schmecken echt gut. Toll. Und danke, Pascal. Könnten wir doch gleich heute zum Essen einplanen", schlug die Chefköchin vor. – „Hast du auch alles mitgeschrieben?", fragte sie die kleine Elfe. – „Ich habe alles genauestens notiert." – „Sehr gut dazu passen Ketchup oder Mayonnaise", empfahl er ihnen. Und in der Tat fand sich sogar ein Glas mit Tomatenpüree. Immerhin.

Mit Pommes und dieser roten Soße auf einem Teller kehrte er zurück zu den anderen.

„Woher hast du denn die Pommes?" Arthur bekam richtig große Augen. – „Habe gerade den Köchen in der Kombüse beigebracht, wie man sie macht. Die sind ganz begeistert vom Rezept. Soll es heute zum Essen geben.

Sally, Zelda und Jessika sonnten sich auf dem obersten

Deck. Pascal sprach sie an: „Na, ihr drei hübschen Frauen. Heute gibt es was Besonderes zu essen." Ein Grinsen lag auf seinem Gesicht. – „Aha, und was?", fragte Zelda. – „Pommes!" – „Echt? Pommes?"

Arthur kam hinzu. „Richtig. Pascal hat den Köchen beigebracht, wie man sie herstellt. Und die Köche haben spontan entschieden, dass es heute zum Essen Pommes gibt." Pascal beschrieb auch Sally und Jessika, was Pommes sind, woraufhin denen schon das Wasser im Mund zusammenlief.

Dann fiel Arthur etwas auf. „Warum eigentlich, Zelda, liegst du nicht auch wie alle anderen Elfenweibchen nackt hier rum? Alle sind unbekleidet, nur du trägst einen Bikini."

Zelda guckte ihn ganz entsetzt an. Jessika aber, als Arthur weg war, hakte da nach: „Da hat Arthur schon recht, Zelda. Warum bedeckst du denn deinen Körper so? Das ist zwar, wie ich weiß, für Menschen nicht ungewöhnlich, aber bei uns und hier doch unhöflich." – „Na gut, wenn du meinst, mache ich mich eben nackig." Sie zog sich aus.

Am Abend dann war es so weit: Es gab Pommes mit Gemüse. Und alle Passagiere einschließlich der Besatzung kosteten von den schönen goldgelben Pommes und zeigten sich begeistert. Nach dem Abendessen traf Sally draußen auf die Hohepriesterin. „Du hast nichts gegessen", stellte sie fest, „aber die Pommes schmecken wirklich ausgezeichnet." – „Doch, das habe ich", antwortete die Priesterin. – „Ich habe dich aber nicht beim Essen gesehen.", – „Ich bekomme die Speisen aufs Zimmer geliefert. Und noch etwas: „In zwei Tagen werden wir ankommen und uns mehrere Tage dort aufhalten."

Sally lag nun eine Frage besonders am Herzen: „Werden die Elfen auf dem Baum uns vier denn als Elfen anerkennen?" Da könne sie ganz beruhigt sein, versicherte ihr die Priesterin, das sei ganz bestimmt der Fall.

Als die Sonne sich über den Horizont schob, gingen alle zu Bett. Auch die Hohepriesterin hatte sich schlafen gelegt. Doch weil Zelda eine Frage quälte zu dem, was sie aus besagtem Buch erfahren hatten, ging sie rasch noch zu ihr.

„Ähm … Entschuldigung, Hohepriesterin. Hier in diesem Buch steht, das euer Busen ein Gegengewicht darstelle. Aber ein Gegengewicht zu was? Denn euer Busen ist ja wirklich riesig, so wie bei allen weiblichen Elfen." – „Nun, Zelda, das ist doch offensichtlich, du musst uns nur ganz genau anschauen. Was haben wir Elfenweibchen, was Männchen und Menschenfrauen nicht haben? Sieh uns nur an und du weißt es. Bei unseren Sprösslingen ist das noch nicht so, da benötigt man keinen großen Busen; das geschieht erst während der Geschlechtsreife." – Zelda drängten sich damit nur noch mehr Fragen auf, aber: „Na gut, ich werde das mal beobachten. Dann schlaft gut."

Bohrende Fragen, die ihr keine Ruhe ließen. Also bedrängte sie Jessika und wollte von ihr hören, wann endlich auch sie so einen großen Busen bekäme. Sie erfuhr, dass dies bei ihr nicht mehr lange dauern würde. Jessika meinte, Menschenfrauen benötigten keine großen Brüste, da sie auf dem Rücken keine Flügel trügen. „Wir Elfenweibchen haben auf dem Rücken sehr große, und schwere Flügel. Wenn wir da einen kleinen Busen hätten, würden wir nach hinten kippen, oder müssten immer nach vorne gebeugt gehen. Aus diesem Grund benötigen wir ihn als Gegengewicht. Unsere Flügel können sehr viel wiegen. Da brauchen wir vorn herum auch das Gewicht. Wird eine Elfe geschlechtsreif, so werden die Flügel das Doppelte an Größe und Gewicht deiner jetzigen Flügel haben. Unsere Flügel bestehen komplett aus Haut und Muskeln. Das Ganze wiegt dann über fünfzig Kilogramm pro Flügel bei einer normalen Elfe. Meine Flügel kommen auf gut einhundert Kilogramm – pro Flügel. Da benötige ich auch zweimal einhundert Kilogramm Busen.

Und ich kann dir auch sagen, dass viele Menschenfrauen unbedingt einen großen Busen haben möchten. Nur haben die ja keine Flügel auf dem Rücken, weshalb ihr Wunsch etwas völlig Ungesundes ist für den Rücken. Sie lassen sich Silikon in die Brüste stopfen, nur um hinterher besser auszusehen. Aber falsche Brüste sehen nun mal nicht gut aus. Zudem tragen diese Frauen dann vorne sehr viel Gewicht mit dem Ergebnis, dass, wenn sie älter geworden sind, der Rücken kaputt ist. Ziemlich dumm. Wir Elfen dagegen haben aber einen Rücken, der viel Gewicht aushält – vorn wie hinten. Weshalb wir auch sehr gut aufrecht gehen können. Die Menschenfrauen aber gehen dann vornübergebeugt. Das hält der Rücken nicht lange aus, besonders die Lendenwirbelsäule leidet sehr darunter und nutzt sich ab. Wir Elfen haben Knorpelwurzeln, sodass der Knorpel auch wieder nachwächst. Ist aber bei Menschen der Knorpel kaputt, ist er für immer weg. Man müsste also jungen Menschen klar machen, dass das alles großer Unfug ist und nur der Eitelkeit dient. Die Frauen verlieren zum Beispiel auch die Fähigkeit, ihre Babys zu stillen.

Wir Elfen jedenfalls benötigen einen großen Busen, um bestimmte Flugmanöver machen zu können, etwa bei Sturm; da kann es nicht passieren, dass wir bei geradlinigem Flug vom Kurs abkommen – das Gewicht vorn dient geradezu als Pendel, damit wir nicht kippen.

Aber das lernst du, wenn du in die Schule kommst; noch bist du ja im Kindergarten. So, und nun schlaf!" Sie küsste Jessika, drehte sich um, und der Schlaf überkam beide.

Die nächste Nacht war neblig und etwas kühl. Die Freunde gingen gemeinsam mit Jessika und deren Mutter an Deck, um weiter ihre Flügel zu trainieren.

„Übermorgen ist es so weit, dann werden wir ankommen", setzte die Hohepriesterin sie in Kenntnis. „So, und jetzt zeigt uns mal, wie es um eure Flugkünste steht." Zelda, Sally und Jessika präsentierten, was sie sich schon zutrauten, flogen sogar schnell ums ganze Schiff herum. Loopings und andere Flugkunststücke allerdings probierten nur Jessika und Zelda aus; Zelda hatte ja schon mit ihrem Zepter das Fliegen üben können.

Zuschauende Elfen fühlten sich animiert, fuhren ebenfalls die Flügel aus und flogen nur so aus Spaß mit herum. Und mit einem Mal hatten alle Freude daran, selbst einige Besatzungsmitglieder beteiligten sich. Es dauerte nicht lange, da fuhr auch die Hohepriesterin die Flügel aus und drehte mit ihnen Runden. Anschließend spielten alle Fangen übers ganze Schiff hinweg. Allgemeines Gelächter. Sogar die männlichen Elfen und die

Jungs zeigten sich ausgelassen, obwohl sie bei dem Treiben nicht mitmachen konnten. Nach einer Weile aber waren sie alle so sehr ermattet, dass sie sich auf ihre Zimmer zurückzogen. Jedenfalls herrschte gute Stimmung auf dem Schiff, kein Wunder bei all der guten Laune.

„So einen Spaß hatte ich schon lange nicht mehr", betonte die Hohepriesterin, noch völlig außer Atem. Auch die beiden Mädchen waren erledigt. Fliegen ist wirklich anstrengend. Sie mussten sich ausruhen, gingen ins Bett beziehungsweise in ihre Schlafblume.

Der Tag war bewölkt, doch die Fahrt ging gut voran. Jessika spazierte mit Sally und Zelda an Deck umher. Plötzlich tauchte ein kleines Wesen vor Zeldas Nase auf. Es sah aus wie ein kleiner Schmetterling mit großen rosa Flügeln. Sie streckte die Hand aus ... und der kleine Schmetterling setzte sich darauf. Bei genauerem Hinsehen entpuppte sich das Wesen jedoch nicht als Schmetterling, sondern als eine Fee.

„Das ist eine Meeresfee; sie wohnen unter Wasser", erklärte Jessika. Die Fee flog zurück ins Wasser. Als sie ins Wasser schauten, wimmelte es darin geradezu von solchen kleinen Feen. Sie wiesen sehr unterschiedliche Farben auf, ein farbenprächtiges Bild. Jessika rannte unter Deck und rief, sodass alle es vernehmen konnten, dass es draußen überall Meeresfeen zusehen gäbe, woraufhin alle durch die Bullaugen raussahen oder sich an Deck begaben. Auch Arthur und Pascal stießen zur Gruppe der drei Mädels und bestaunten die Feen. Als schließlich die Hohepriesterin das Deck betrat, erhoben sich sämtliche Feen aus dem Wasser und umkreisten das

Schiff, flogen hoch in die Luft und tauchten dann wieder ein ins Wasser.

Zelda musste vor lauter Begeisterung weinen; sie fand dies einfach zu schön. „Zelda, ist alles in Ordnung?", sorgte sich Jessika. – „Ja schon, ich bin nur sehr gerührt von der Schönheit der Meeresfeen." – „Das ist auch wirklich etwas Wunderschönes."

Das Schiff fuhr in den Sonnenuntergang hinein. Die Wolken am Horizont formten eine Art großes Gebirge. Unsere Freunde standen ganz vorn am Bug des Schiffs und betrachteten den schönen roten Sonnenuntergang. „Das sieht aus wie ein riesiges Hochgebirge, hinter dem die Sonne verschwindet", stellte Sally fest, worauf die anderen ihr beipflichteten.

„Das Hochgebirge da hinten, wie ihr glaubt, sind keine Wolken", wandte die Hohepriesterin ein. – „Nein? Was ist das dann?" – „Was ihr da seht, Zelda, das ist der Baum – unser Reiseziel." – „Was? Der Baum? Der muss wirklich riesig sein." Pascal war tief beeindruckt, den anderen hatte es die Sprache verschlagen.

„Ich kann aber noch kein Stamm sehen", meinte Arthur, indem er sich reckte und versuchte, mehr zu erkennen, dabei die Augen zusammenkniff. Die Hohepriesterin hatte dazu noch einiges an Informationen parat, zum Beispiel diese: dass man im Moment nur die Krone des Baumes sehen könne. Diese habe einen Durchmesser von mehreren Tausend Kilometern, der Stamm einen Durchmesser von mehreren Hundert Kilometern. Die waren allesamt schwer beeindruckt davon, dass der Horizont von der gesamten Baumkrone eingenommen wird. Sie schauten so lange hin, bis die

Sonne verschwand und ihnen die Sicht nahm.

„Hoch oben auf dem Baum müsste es doch eigentlich recht kalt sein. Oder nicht?", überlegte Zelda; was die Priesterin jedoch verneinte. – „Im Gegenteil ist es dort oben sogar sehr angenehm, nur am frühen Morgen ist es ein bisschen frisch." – „Sind wir angelangt, werde ich euch wie richtige männliche Elfen einkleiden", kündigte Jessika Pascal und Arthur freudestrahlend an. – „Na, darauf freuen wir uns aber." – „Nein, nein, Zelda, weder dich noch Sally, ihr dürft dort nichts anhaben, sondern müsst unbekleidet sein. Alles andere wäre unhöflich."

„Der Kapitän hat mich informiert, dass wir morgen Mittag ankommen werden", verkündete die Hohepriesterin, und die Freunde leiteten die Nachricht weiter an alle Passagiere.

Die Ankunft am Baum

Sie saßen längst schon wieder beim Abendessen. Die Hohepriesterin schlief noch, aber Tochter Jessika war bereits munter, kam herein und leistete den anderen Gesellschaft. „Hallo", begrüßte sie die Freunde, „ich bin schon ganz aufgeregt. Als ich das letzte Mal auf dem Baum war, war ich noch ein kleiner Sprößling." – „Denke, wir alle sind äußerst gespannt, was uns dort erwartet. Ganz abgesehen davon, dass wir bis vor Kurzem von so einem Baum noch nie etwas gehört hatten", begrüßte Zelda sie.

Als sie sich gestärkt hatten, gingen sie an Deck, um nach dem Baum zu schauen. Zur allgemeinen Überraschung fuhren sie offenbar schon eine ganze Weile unterhalb der riesigen Baumkrone dahin. Und in der Ferne war nun auch der gewaltige Stamm auszumachen, auf den das Schiff geradewegs zufuhr. Auch die Hohepriesterin kam nun hinzu, nackig wie sie war, sozusagen im Elfenkostüm. Gefrühstückt hatte sie offenbar noch nicht. „Gute Nacht", grüßte sie in die Runde und fügte hinzu: „Wir müssen nachher schauen, wo unser Anlegeplatz ist." Unsere vier standen voll und ganz im Bann der schieren Größe des Baumes. „Passt auf da vorne!", warnte die Priesterin sie, doch es war zu spät. Ein kleiner Wasserstrahl fegte direkt über die Freunde hinweg, die sich erschreckten und wunderten, woher auf einmal das Wasser kam. „Was war das denn?", rief Sally. – „Hihi, Baumwasser … von oben herab. So was geschieht unterm Baum ständig. Also passt nur gut auf!", amüsierte sich die Hohepriesterin köstlich.

Um Mitternacht herum erreichten sie die Anlegestellen. Da kam eine Elfe angeflogen und fragte höflich an, von welchem Elfenvolk sie stammten. „Wir sind Mondelfen", rief die Hohepriesterin ihr zu. – „Gut, dann folgt mir. Ich zeige euch euren Ankerplatz."

Das war natürlich auch eine wichtige Information für den Kapitän.

Mit langsamer Fahrt und stets entlang des Baumstamms schob sich das Schiff voran, bis von oben herab so etwas Ähnliches wie ein Aufzug zu erkennen war. Ein Aufzug, so groß, dass das gesamte Schiff hineinpasste. Das Schiff fuhr hinein und wurde drinnen vertäut. Als das getan war, hob der Aufzug das Schiff mitsamt Ladung und Passagieren nach oben. Nahezu alle Passagiere strömten hinaus aufs Deck, um dieses Spektakel mitzuerleben. Erst ging es ziemlich langsam hoch, dann immer schneller, sodass die Zuschauer geradezu in die Knie gingen – so rasant glitt der Aufzug nach oben. Das Schiff, mit allem darin und darauf, wurde Hunderte von Metern hochbefördert.

Nach einer gefühlten Ewigkeit kamen sie in der Baumkrone an.

Noch auf dem Weg nach oben …

„Ich habe Angst", wimmerte Jessika und hielt sich an der Reling fest. Ihre Mutter nahm sie in den Arm und beruhigte sie.

Wie sich dann zeigte, hatte der Baum große wie kleine Blätter und rote Blüten. Als sie durch die Blätter hindurch waren, sahen sie überall Elfenmännchen und -weibchen, auch unzählige Feen. Die Temperatur fühlte sich tatsächlich recht angenehm an, obwohl doch die Baumkrone ganz weit über die Wolken hinausragte. Zudem war es hier oben schön feucht und frisch und irgendwie auch weich. Der Aufzug hielt an und das Schiff wurde an einem mächtigen Ast des Baumes vertäut, sodass es nicht kippen konnte. Die Segel wurden eingefahren.

Eine Elfe, die offensichtlich Rosarot bevorzugte, kam angeflogen. Sie trug hellrosa Haar, rosa Schleifchen um ihren Körper, hatte rosafarbene Nägel und war auch in Rosa geschminkt – von ihrer Nacktheit mal ganz abgesehen. Das Verblüffendste an ihr aber waren ihre ebenfalls rosafarbenen Augen. „Seid gegrüßt. Mein Name ist Rosa, ich darf euch zu eurem Schlafast begleiten." Sämtliche Mondelfen, das heißt alle Passagiere, holten ihr Reisegepäck oder nahmen es in Empfang, fuhren die Flügel aus – und zahlreiche ihrer Art folgten Rosa zu den Quartieren.

Der Ast bot Raum für viele kleine Häuser, in denen je zwei Elfen Platz fanden. Ein sehr viel größeres Haus teilten sich die Hohepriesterin mit Jessika und den Freunden, die es als Ehre empfanden, mit in diesem Haus wohnen zu dürfen. Jeder hatte sein eigenes Zimmer. Dort packten sie ihre Sachen aus und schauten sich erst mal etwas um.

Die Priesterin kam mit Jessika in den Gemeinschaftsraum des Hauses und meinte, es sei erforderlich, das sich Arthur, Zelda, Sally und Pascal hier wie richtige Elfen kleideten. „Was ziehen denn richtige Elfen an?", zeigte sich Sally interessiert. – „Das werdet ihr sehen. Also ihr beiden, Zelda und Sally, ihr müsst nackig sein wie alle anderen Weibchen auch. Und ihr Jungs, ihr kommt mit, damit wir euch einkleiden können." Gesagt, getan. Sie folgten ihr zu einem Gebäude in einem anderen Viertel. Dieses Haus schien zwar nicht so groß wie das ihre, erwies sich jedoch, mit mehreren Zimmern, als sehr geräumig – eine Schneiderei. Einige Zimmer standen leer, die meisten aber waren bezogen, denn jedes Volk hatte den eigenen Schneider mitgebracht – und die Schneider logierten in diesen Räumen.

Der Schneider der Mondelfen nahm sowohl von Arthur als auch von Pascal Maß und schneiderte den beiden Kleider, die sie ganz wie Mondelfen aussehen ließen; es hatte allerdings ein paar Stunden gedauert, bis die Kleider tatsächlich fertig waren. Arthur und Pascal bekamen jeder drei himmelblaue Hosen und entsprechende Hemden, passend dazu eine etwas dickere Jacke.

Sally und Zelda hatten derweil ihre Kleider abgelegt und mussten sich nun erst mal an die frische Luft auf der Haut gewöhnen. Zwar war es Zelda zunächst etwas unangenehm, sich so vor den Jungs zu zeigen, wusste aber, dass sie ihnen vertrauen konnte. „Schön siehst du aus, Zelda, auch du, Sally", äußerte sich Arthur. Sally bedankte sich für sein Kompliment. „Wenn bei uns im Tiermenschen-Dorf Sommer ist, gehe ich auch da manchmal nackig rum." – „Na ja", gestand Zelda zu, „ich fahre ja zu Hause auch schon gerne mal zum FKK-Strand. Und wenn's hier so sein muss, dann bitte …"

„Ihr seht wirklich schön aus, wie richtige Mondelfen", stellte die Priesterin bewundernd und voller Respekt fest. – „Stimmt. Wir sehen einfach spitze aus", gab sich Zelda selbstbewusst, als die Jungs sie so ansahen. – „Denkt einfach nicht weiter über diesen Umstand nach.

In Ordnung? Wie ihr seht, sind hier alle Weibchen nackig, ganz natürlich und bei uns Elfen normal", besiegelte die Priesterin dieses Thema.

Sie gingen wieder raus, um sich umzusehen. Rosa verteilte soeben Karten, auf denen die einzelnen Stadtteile eingezeichnet waren; diese Karten dienten den Elfen zur Orientierung im Allgemeinen, aber auch, um herausfinden zu können, wo genau, auf welchen Ästen dieses enormen Baums sich die jeweiligen Unterkünfte der Mondelfen befanden. Die Freunde dankten ihr, als sie ihnen die Karten überreichte. Rosa deutete eine Verbeugung an und flog weiter.

Der Baum ist ja so riesig groß, dass auf jedem der besonders starken Äste verschieden große und unterschiedlich gestaltete Gebäude standen, die ganze Viertel bildeten. Wie muss man sich diese Häuser vorstellen? Sie bestanden aus Ästen, kleineren Zweigen und Blättern sowie Moosarten und Baumpilzen. Äste und Zweige stellten das Grundgerüst dar, und die Blätter wurden, an den Rändern zusammengenäht, daran angebracht und die Ritzen ausgestopft mit Moosen und Pilzen, sodass alles zusammengenommen die Form eines Hauses ergab. Nur mussten die Freunde sich erst daran gewöhnen, so zu wohnen, denn alles um sie herum war ein bisschen wackelig oder schwankte stark, wenn Winde durch die Baumkrone wehten. Aber wirklich gefährlich war das nicht.

Die Mädels verzichteten auf weiteres Fliegen, damit die Jungs hinterherkamen und nicht rennen mussten. Außerdem wollten sie sich, trotz Karte, nicht verfliegen, zumal sich Stadt und Baumkrone unermesslich weithin erstreckten. Etwas weiter in die Stadt hinein rann Wasser den Baum hinab, mit vielen kleinen Wasserspielen. Kleine Windspiele hingen allüberall an kleinen Zweigen im Geäst. Der Ast, auf dem sie sich gerade niedergelassen hatten, war so breit, dass man hier einen Park errichtet hatte, bestückt mit unzähligen Blumen, Moosen und anderen kleinen Bäumen. Und inmitten des Parks sprudelte in der Art eines Springbrunnens Wasser aus einem Ast heraus.

Das Moos fühlte sich wunderbar weich an und die Luft hier in der Baumkrone herrlich erfrischend und feucht.

Sie hatten sich auf einer Parkbank niedergelassen. „Ich kann es noch immer nicht fassen, dass wir nun Elfen sind", äußerte sich Arthur, sehr berührt. – „Aber es ist nun mal so. Ich hoffe nur, nicht aus meinem Volk der Tiermenschen verbannt zu werden", gab sich Sally besorgt. – „Warum das denn? Du siehst aus wie eine Katze mit Feenflügeln, recht hübsch", tröstete Zelda sie und sog genüsslich die saubere Luft ein. – „Nun ja, meine Oma war eine große schwarze Katze, und mein Opa, ein Kater, glich mir auch sehr", sinnierte Sally. Arthur zog die Augenbrauen hoch, enthielt sich aber eines Kommentars.

Sie hielten sich gut eine halbe Stunde im Park auf und erfreuten sich an anderen Elfen und kleinen Feen, die geschäftig vorüberflogen, und rätselten, welchen Elfenvölkern diese wohl angehörten.

Sie machten sich wieder auf den Weg, flogen teils oder liefen immer weiter am Baumstamm entlang Richtung Stadtmitte. Sie gelangten an einen weiteren geräumigen Platz, auf dem verschiedenste Baumarten standen, zwischen denen wiederum viele kleine Häuser standen sowie ein großes, in dem mutmaßlich das Königspaar dieses Elfenvolks wohnte. Doch von den Elfen keine Spur, die Häuser standen leer. „So, wie es hier aussieht, könnte man denken, man befände sich im Nadelwald", meinte Zelda und lachte ein bisschen.

Sie flogen weiter, schauten sicherheitshalber aber immer mal wieder auf die Karte, um auch wieder zurückzufinden. Nach geraumer Zeit steuerten sie auf das Ende eines nach unten ragenden Astes zu und stellten fest, dass immer mehr Schiffe hochgezogen wurden. Zelda wurde es schwindlig, als sie runterschaute auf den Ozean. Es war ja bekannt, dass der Baum sehr hoch über die Wolken hinausragte. „Das geht bestimmt fünfzig- bis sechzigtausend Kilometer weit nach unten …", staunte Sally, während sie sich allesamt langsam vom Rand zurückzogen.

„Der Baum ist 250.000.000 Meter hoch, also der höchste Punkt des Baumes ist so hoch", erklang eine Stimme hinter ihnen. Sie schreckten zusammen. Rosa! Sie war unbemerkt hinter sie getreten. „Ich bin euch gefolgt, weil ihr unsere Ehrengäste seid und Gutes getan habt für eines der Elfenvölker. Deshalb werde ich euch auch weiterhin folgen, euch beraten, informieren und helfen, wenn ihr Fragen habt."

Arthur berichtete ihr, wie und aus welchem Grund sie überhaupt Elfen geworden sind, aus Anerkennung die Mondsilbertaufe erhalten hatten und seitdem zum Mondelfenvolk gehörten. – „Die Hohepriesterin des Mondes ist eine ehrfürchtig angesehene und anerkannte Elfe unserer Art", ergänzte Rosa Arthurs Bericht.

„Wir haben auch mal was Großes für die Waldelfen aus dem Nadelwald getan. Doch sahen die keine Veranlassung, uns in ihr Volk aufzunehmen", fügte Zelda hinzu, worauf Rosa schmunzeln musste. „Nicht jedes Elfenvolk kann so etwas machen."

Rosa flog in eines der Gebäude (linker Hand)in der Nähe von ihnen. Die vier sahen zu, wie ein Elfenvolk nach dem anderen mitsamt ihren großen Schiffen hochgezogen wurde. Die Schiffe legten oben an, wurden vom jeweiligen Elfenvolk vertäut, Versorgungsschiffe ebenfalls vertäut und entladen. Diese Schiffe waren von verschiedenen Häfen des Festlands gekommen.

Nach einer Weile gerieten sie auf den Teil des Baumes, auf dem die Feen Quartier bezogen hatten – in einem kleineren Baum, der große hellgrüne Blätter und ebenfalls große bunte Blüten trug. Dort trafen die Freunde auf die Hohepriesterin des Mondes, die einen Spazierflug unternahm. „Die Elfen, die immer hier im großen Baum wohnen, wo genau wohnen die da?", fragte Sally sie. – „Die wohnen in der Mitte des Baumes, genau da, wo der Altar steht; das ist auch genau der Ort, an dem wir Anführer der Elfenvölker uns zu unserer Zeremonie treffen werden", erfuhren die vier von der Hohepriesterin. – „Aha. Und was bezweckt ihr mit dieser Zeremonie?", fragte Pascal nach. – „Die Zeremonie hat zum Ziel, dass alle Pflanzen, Tiere und jedes andere magische Wesen wieder mit Magie aufgeladen werden, zudem sämtliche magischen Gegenstände, die auf Nox existieren." – „Ist der ganze Baum magisch?" – „Ja, Pascal, alles was ihr hier seht, ist magisch."
Sie flogen weiter und trafen auf Elfenmännchen, alle-

samt gelb gekleidet, die sie begleitenden Weibchen selbstverständlich nackig. Da rief eine Baumelfe: „Die Sonnenelfen folgen bitte mir", und alle gelb gekleideten Männchen folgten ihr.

„Aha, das also sind Sonnenelfen", bemerkte Sally. Die Sonnenelfen wohnten im Übrigen ganz oben im Baum, wo die Sonne am kräftigsten schien.

Sie gelangten zurück zum jenem Ast, auf dem sie mit all den anderen Mondelfen wohnten. Im Königshaus begann Jessika soeben, sich schick zu machen, befestigte Edelsteine in ihrem Haar und tat noch einiges mehr, um ihr Aussehen zu verschönern. Sie wollte was Schönes tragen und guten Eindruck machen, wenn sie mit ihrer Mutter zur königlichen Tafel flöge.

„Wofür machst du dich denn so schick?", wunderte sich Zelda, als sie das Zimmer betrat. – „Heute bei Mondaufgang, in der zweiten Hälfte der Nacht, also morgen treffen sich die Elfenkönige, die schon da sind. Und ich möchte guten Eindruck machen, weiß aber nicht, wie ich mich schmücken soll." – „Zu viel Auswahl? Ich kann dir doch helfen", bot sich Zelda an. – „Gut, dann hilf mir, etwas Passendes auszusuchen."

Nachdem sie geeigneten Schmuck gefunden hatten, schminkte Zelda sie noch entsprechend. „Du siehst wunderschön aus. Nur schade, dass ich nicht mitkommen kann", bedauerte Zelda. – „Stimmt schon. Aber das festliche Mahl ist eben nur für Könige und deren Familienangehörige gedacht", versuchte Jessika Zelda etwas zu trösten. – „Na gut, aber wo werden wir essen?" – „Hier, gemeinsam mit anderen Mondelfen."
Jessika betrachtete sich im Spiegel. „Schön, so kann ich

bleiben. Danke, Zelda." Sie umarmte Zelda. – „Habe ich doch gern getan. Und nun beeil dich, deine Mutter wartet bestimmt schon."

Jessika flog nach draußen, wo ihre Mutter sie tatsächlich schon erwartete. „Beeil dich, Jessika, wir wollen doch nicht zu spät zur Tafel erscheinen." Sie flogen los.

Das Essen für die normalen Elfen war auch schon fertig. Die Mondelfen fanden sich alle um einen großen Esstisch in der Unterkunft ein und nahmen Platz. Die für die Mondelfen verantwortliche Baumelfe Rosa saß mit am Tisch. Sie schnippte mit den Fingern ... und schon standen die Speisen auf dem Tisch. Ein jeder erhielt als Vorspeise eine Schüssel warme Tomatensuppe mit Schmand, verziert mit Petersilie. Und das Hauptgericht bestand aus Schweinesteak mit Bratkartoffeln und Gemüse, was den Freunden besonders gut schmeckte, weil all dies hier auf Nox sehr sorgfältig erzeugt wurde. Auf der großen Tafel stand auch ein Teller mit weißem Gemüse; es kam den Freunden bekannt vor. Gemüse auf einem weiteren Teller sah aus wie Möhren, nur eben in Blau. Zelda probierte davon und fand, sie schmeckten sehr würzig. Dann gab es auch eine Art Rosenkohl, in der Pfanne gebraten, und eine Menge anderes Unbekanntes, lecker, aromatisch, gesund. Von allem kosteten sie und waren rundum zufrieden damit.
Und erst die Nachspeise – ein Gedicht! Joghurteis mit noch mehr Joghurt und Banane ...

Der Mond erhob sich überm Horizont, die Feier nahm ihren Anfang. Eine große Uhr in der Stadt schlug Punkt

Mitternacht an. Und, welch ein Vorteil: Es wurde nicht kalt im Baum, da dieser Wärme abgab, die er über den Tag speichern konnte.

Die meisten, Bewohner wie Besucher des Baums, genossen den lauen Abend, ließen sich in den Parks nieder, tranken Wein und Met oder auch andere Getränke. Die kleinen Baumfeen legten sich in ihre Blüten, um zu schlafen. Dafür erwachten jetzt die Glühwürmchen. Herrlich sah das aus, mit all diesen zahlreichen Glühwürmchen und winzigen Laternen, die die Feen überall im ganzen Baum aufgehängt haben. Fließendes Wasser, allüberall, das richtig hell leuchtete. Und in kleinen Teichen ringsum, worin sich das fließende Wasser sammelte, wuchsen Seerosen, Farne und Pilze.

Zelda saß an einem dieser Teiche, hatte ihre neuen Elfenschuhe – die sie als einziges Kleidungsstück tragen darf – ausgezogen und ließ die Füße ins angenehm warme Wasser gleiten. *Ah... tut das gut.*

Unverhofftes Wiedersehen

Nach einer ruhigen Stunde, mit den Füßen im warmen Wasser, ging Zelda zurück aufs Zimmer und legte sich, wie die anderen schon vor ihr, ins Bett. Dieses war mit trockenem Moos gefüllt, die Decke und das Kissen mit weichen Federn. Sally, Arthur und Pascal schliefen längst, denn es war schon taghell. Mitten am Tag, also recht spät, kamen schließlich die Hohepriesterin und Jessika und legten sich ebenfalls hin.

Die nächste Nacht war hell und warm, hell vor allem, da sie sich ja weit über den Wolken befanden und diese den Mond folglich nicht verdecken konnten. Die Blüten am großen Baum öffneten sich und die kleinen Baumfeen erwachten.

Die Freunde, sie hatten gut geschlafen, standen nun auch auf, gingen ins Bad und machten sich zurecht für die Nacht; anschließend gedachten sie zum Abendessen zu gehen. Die Hohepriesterin und Jessika schliefen noch; sie waren ja auch ziemlich spät erst ins Bett gefallen.

Da klopfte es an der Tür. Sally ging sie öffnen. „Hallo?" Davor stand eine grünhaarige Baumelfe. „Guten Abend. Hier habe ich euer Abendessen." Sie schob einen Handwagen vollgepackt mit Speisen und Getränken vor sich her. Die Freunde nahmen davon, was für sie bestimmt war, und bereiteten alles fürs Abendessen vor. Es dauerte nicht allzu lange, da erschienen auch die Priesterin und Jessika. „Guten Nacht allerseits." – „Gute

Nacht. Das Abendessen steht bereit", lud Arthur dazu ein und setzte sich mit den anderen an den Tisch.

Während sie sich stärkten, redeten sie darüber, was sie heute tun könnten. Die Freunde wollten noch mal den Ort aufsuchen, der dem Nadelwald – den sie so gut kannten – ähnelte. Vielleicht waren die Elfen schon da.

Sie räumten den Tisch ab und stellten die Speisereste in eine kühle Kammer, die Speisekammer des Hauses. Zelda ging, um ihr Zepter aus dem Zimmer zu holen. Nun flogen sie zu eben diesem Ort. „Noch keiner da. Kommen wir später noch mal her", schlug Arthur vor. Also schauten sie sich etwas in der näheren Umgebung um. Nach einer Stunde kamen sie nach und nach an, die Elfen, die hier wohnen sollten. Sie bezogen gerade ihre Häuser. Von diesem Volk sind vermutlich 200 bis 300 Elfen angereist. Einige unter ihnen kamen den Freunden sehr bekannt vor. Man grüßte sich, und die Freunde flogen weiter zum Königshaus. Dort erblickten sie die Königin und … sie trauten ihren Augen kaum, bei ihr Königin Kalina mit ihren Kindern aus dem Nadelwald. Sie traten hinzu. „Wir grüßen dich, Königin Kalina. Erinnerst du dich an uns?" Sally sah sie an. Kalina schaute die Freunde an. „Woher sollte ich euch denn kennen?" Sie schaute prüfend in die Runde. – „Ich weiß, wir sehen jetzt anders aus, aber falls wir unsere Flügel einfahren und das silberne Haar zurückverwandeln würden, würdest du uns bestimmt wiedererkennen."

Gesagt, getan. Die Freunde verwandelten sich zurück in ihr ursprüngliches Aussehen. Als Zelda nun auch noch ihr Zepter hervorholte, erkannte Kalina sie. „Ah, ja, jetzt weiß ich, wer ihr seid. Ihr habt uns von den

Klagegeistern befreit. Aber damals dachte ich, ihr wäret Menschen." – „Da erinnerst du dich auch richtig, damals waren wir auch noch Menschen. Jetzt jedoch gehören wir dem Mondelfenvolk an, nachdem wir auch einiges für die Mondelfen getan hatten", erklärte Arthur der staunenden Königin Kalina. – „Ich hätte das bestimmt auch für euch getan, habe aber nicht das Recht, Menschen zu Elfen zu machen. Schön, dass Mondelfen dies tun können." Kalina freute sich für die Freunde.

„Zylta, Lia! Kommt mal her", rief die Königin ins Haus. Die beiden traten heraus, schauten sich um … „Zylta, Lia, wie schön euch zu sehen", riefen die vier voller Freude. Nun, da Zylta und Lia sie wiedererkannt hatten, rannten sie auf ihre Freunde zu und sie umarmten einander.

Voller Stolz präsentierten die vier ihnen ihr neues Aussehen.

„Ihr seht wunderschön aus", mussten die beiden zugeben. – „Arbeitet ihr jetzt für Königin Kalina?", erkundigte sich Arthur. – „Nein, wir helfen ihr nur manchmal", antwortete Lia. – „Wir wohnen mit im Königshaus der Hohepriesterin des Mondes", sagte Pascal, währenddessen er vorbeikommenden Elfenweibchen hinterherschaute.

„Lyra ist auch da." Kalina hatte sich an Zelda gewandt. – „Das ist ja schön. Allerdings kann ich schon richtig gut mit meiner Magie und dem Zepter umgehen, weshalb ich Lyras Hilfe zumindest dafür nicht mehr benötige." – „Aha. Ja gut. Schön für dich."

Die Freunde halfen ihnen, das Reisegepäck zu verstauen. Als das erledigt war, flogen sie zu ihrer Unterkunft, im Gefolge Kalina, Zylta und Lia. Sally stellte den dreien die Hohepriesterin des Mondes vor. „Werte Priesterin, dies sind Königin Kalina, Zylta und Lia aus dem Nadelwald." – „Aha. Ich habe schon von den Elfen aus dem Nadelwald gehört, bin aber noch nie auf eine gestoßen, auch nicht hier auf dem Baum. Ich kenne dich, Kalina, nur vom Hörensagen." – „Uns geht es genauso, wir sind noch niemals Mondelfen begegnet", erwiderte Kalina freundlich. – „Ich habe dich gestern gar nicht an der Königlichen Tafel gesehen ..." – „Nun ja, wir sind auch heute erst angekommen", erwiderte Kalina mit einer sehr höflichen Verbeugung.

„Wollen wir vielleicht ein Stück fliegen?", schlug die Hohepriesterin vor. – „Oh ja, sehr gern." Die beiden Königinnen begaben sich nach draußen.

Die *Jugend* setzte sich an den Tisch und trank aufgebrühten Tee, der Pascal so gänzlich ohne Zucker nicht besonders schmeckte. Sie suchten den Küchenschrank ab nach Zucker, fanden aber nur etwas, das so ähnlich aussah – es war Salz. Schließlich entdeckten sie ein Glas Honig, mit dem sie den Tee süßten; Pascal war's zufrieden. „Was ist das überhaupt für ein Tee?", erkundigte sich Lia. Zelda meinte, das wüsste sie nicht, aber im Schrank stünden noch mehr Tees.

„Hallo. Huch ... wer seid ihr denn?" Jessika war soeben hinzugekommen und ziemlich verwundert ob der fremden Elfen.

„Hallo. Ich bin Zylta und das ist meine beste Freundin Lia", stellten sie sich und Lia vor. – „Und ich bin Jessika, ich bin die Tochter von meiner Mama ... ich meine ... ich bin die Tochter der Hohepriesterin des Mondes, der Herrin der Mondelfen", brachte sie etwas verlegen hervor. – „Bist du etwa aufgeregt?" „ Ach nein, Arthur, aber ich bin immer so, wenn fremde Elfen anwesend sind", erklärte sie schüchtern. – „Komm, setz dich, hier gibt es schönen warmen Tee, mit Honig gesüßt", lud Lia sie freundlich ein und bot ihr mit einer Geste einen freien Platz an. Jessika nahm dankend an.

„Lia und ich wollten euch etwas verkünden und euch einladen", sprach Zylta in die Runde.

Pascal, stets neugierig allen voran: „Aha. Und wozu wollt ihr uns einladen?" – „Also gut, Lia und ich, wir wollen heiraten." Da war die Botschaft raus, und Zylta stand ein breites Lächeln im Gesicht. – „Soso. Und wen wollt ihr heiraten?" Zelda konnte die Anspannung kaum ertragen. – „Wir beide wollen einander heiraten. Also Zylta heiratet mich und ich heirate Zylta." Noch deutlicher hätte Lia dies wohl kaum ausdrücken können. – Da fasste nun auch Arthur nach: „Und seid, sagt mal, seid ihr schon zusammen?" – „Als ihr uns verlassen hattet, hat es zwischen uns beiden gefunkt. Etwas später sind wir dann offiziell zusammengekommen. Und jetzt, da wir schon lange zusammen sind, wollen wir heiraten und uns hier auf den Elfenbaum das Jawort geben." Zylta strahlte, während sie dies sagte, Zufriedenheit aus und lächelte wieder.

„Es scheint, als liefe es wunderbar zwischen euch", stellte Zelda mit einem Blick in ihre Gesichter fest. – „Das tut es auch. Wir wohnen schon lange zusammen, schlafen zusammen in einem Ehebett, vergnügen uns darin mit Freude … und vom Küssen können wir gar nicht genug kriegen", gestand Lia ein, hielt dabei die Teetasse in der einen, Zylta an der anderen Hand. „Und da wir uns hier wiedergetroffen haben, laden wir euch auch zu unsere Hochzeit ein", eröffnete ihnen Zylta. – „Wir nehmen eure Einladung gern an", antworteten die Freunde wie aus einem Munde.

„Aber wollt ihr denn keine Kinder bekommen?" Sally hatte da so ihre Zweifel, wie das denn gehen solle. – „Doch, schon. Wir werden dazu den Schwangerschaftstrank benutzen. Habt ihr davon schon gehört?" – „Ja, Lia, das haben wir. In Faunas Königreich. Da haben Gräfin Flora und ihre Frau Mirta den Trank zu sich genommen, damit sie Kinder bekommen konnten", erinnerte sich Zelda an das damalige Geschehen. „Ich frage mich allerdings, ob Mirta ihre Kinder schon bekommen hat." – „Bestimmt. Sie war doch schon im siebten oder achten Monat schwanger; da müsste sie ihre beiden Kinder eigentlich schon haben", meinte Sally.

„Und wann genau wollt ihr heiraten?", forschte Zelda nach. – „Heute Abend werden wir getraut", antwortete Zylta. – „Von wem?" – „Königin Kalina wird uns trauen", antwortete Lia.

„Dürfen ich und meine Mama auch mitkommen?" – „Wir würden uns geehrt fühlen, liebe Jessika." Lia deutete eine leichte Verbeugung an. – „Es werden auch alle hier anwesenden Waldelfen unsere Gäste sein", ergänzte Zylta.

Stolz präsentierten Zylta und Lia ihre Eheringe.

Zelda betrachtete die Ringe genauer. „Oh, die sehen aber schön aus." Die Ringe wiesen einen silbernen Rand und eine goldene Mitte auf. In der Mitte war in silberner Schrift beim einen *Zylta*, beim anderen *Lia*, jeweils dreimal, eingraviert.

Die Hohepriesterin kam mit Königin Kalina zurück. „Da sind wir wieder", rief die Priesterin fröhlich. –

„Hallo, Mama, wir dürfen mit auf Zyltas und Lias Hochzeit", rief Jessika ihr entgegen und umarmte sie stürmisch. – „Aha, das ist aber nett. Kalina hat mir berichtet, dass heute noch eine Trauung stattfinden wird; ich bin hocherfreut, dabei sein zu dürfen."

„Kommt ihr beiden, ich habe den Altar reserviert; wir haben noch einiges für die Feier vorzubereiten", forderte Kalina Zylta und Lia auf.

„Mama, wo warst du denn vorhin mit Königin Kalina?" – „Meine Liebe, ich bin mit ihr ein wenig durch die Gegend geflogen, habe mit ihr über Arthur, Zelda, Sally und Pascal geredet. Auch darüber, was sie so für uns alle getan haben. Und wir haben Freundschaft geschlossen."

Es klopfte. Die Priesterin öffnete, und da stand Rosa vor der Tür, mit Speisen auf dem Tablett. „Bitte schön, heute gibt es etwas Warmes, direkt aus der Küche." Mit Arthurs und Pascals Unterstützung lud sie die Speisen ab: bunter Mais mit gedünsteten Möhren und Salzkartoffeln. Als Rosa sich zum Gehen wandte, hielt Sally sie zurück und fragte, warum es bei den Elfen nie Fleisch gebe. Rosa erklärte ihr, dass Elfen nicht gern jeden Tag Fleisch essen würden; wenn sie aber welches haben möchte, könne sie für Sally auch etwas organisieren. Sally fand das großartig, denn als Tiermensch braucht man ab und zu was Fleischiges, sonst wird man nicht wirklich satt.

Sally hielt ein kleines Schläfchen. Da kam Rosa zurück, mit einem Korb voll von Salami, Schinken und Fleischwurst. Sally, nachdem sie die Tür geöffnet hatte, schnupperte, schnurrte leise und seufzte zufrieden: „Du bist die beste Rosa." – „Ich hoffe, das wird dir schmecken, denn selten habe ich Gäste, die einfach so, ohne jedweden Grund, Fleisch essen. Fleisch gibt's bei uns Elfen nur zu speziellen Anlässen." – „Ich bin nun mal eine Katzenfrau, und wir Katzen essen eben sehr oft Fleisch", versuchte sie ihre Gelüste zu rechtfertigen. – „Ach so. Da seid ihr wohl Ehrenelfen? Solche gibt es sehr selten", staunte Rosa und machte große Augen. „Und von welchem Volk stammst du hauptsächlich ab?" – „Ich bin ein Tiermensch, also vom Tiermenschenvolk, es ist sehr klein. Wir sind halb Mensch, halb Tier; es gibt verschiedene Mischungen. Ich jedenfalls bin zur Hälfte Katze. Es gibt aber auch Wölfe und Füchse in unserem Land. Unser Land heißt Mo." – Rosa war offensichtlich sehr beeindruckt, meinte aber: „Na, von deinem Volk habe ich noch nie etwas gehört. So, ich muss weiter. Tschüs! Bis heute Abend", verabschiedete sie sich, flog davon, drehte sich noch mal kurz um und winkte Sally zu.

Sally ging mit der Wurst in die Küche, suchte nach Öl und einer Bratpfanne, um die Fleischwurst zu braten. Als sie nach einigem Hin und Her alles beieinander hatte, schnitt sie die Wurst in Scheiben – nicht für sich allein, sondern auch für ihre Freunde – und briet diese in der Pfanne. Vom Duft angelockt, der der Pfanne entstieg, erschienen die Freunde nach und nach in der Küche.

„Hm, was riecht's hier lecker ..." Pascal, selbstverständlich immer der Erste, wenn's ums Essen ging. – „Rosa hat mir verschiedene Würste gebracht, auch Fleischwurst, die ich nun gebraten habe." Sally gierte danach, endlich was vom Gericht verzehren zu können.

Während die Wurst brutzelte, hatte Sally den Tisch gedeckt. Nun teilte sie die Portionen gerecht auf.

Die Priesterin jedoch lehnte ab, wollte jetzt kein Fleisch essen; vielleicht später. Sally verstand das und servierte die für die Priesterin gedachte Portion zusätzlich auf Pascals Teller, der sich begierig die Lippen leckte. „Lecker endlich mal was anderes."

Die Hohepriesterin hatte aber noch etwas zu sagen: „Wir essen höchstens Fleischpilze, Tierisches nur sonntags oder wenn es etwas zu feiern gibt. Nur unsere kleinen Sprösslinge essen Fleisch, der Entwicklung wegen. Ja gut, Käse, Milch und Kuchen mit Gelatine mögen wir alten Blumen auch sehr gerne." Sie musste schmunzeln.

„Ach, ich erinnere mich. Wir haben mal Fleischpilze für Mirta geerntet. Oder waren das andere Pilze?" – „Schon richtig, Sally, das waren Riesenfleischpilze, die wir für damals gesammelt haben", sagte Zelda. – „Macht das einen Unterschied?" – „Die Riesenfleischpilze sind, wie der Name schon ausdrückt, sehr groß, unsere Fleischpilze dagegen ziemlich klein … der einzige Unterschied", erklärte ihr die Priesterin.

Artur und Zelda verzehrten jeder auch nur eine gebratene Scheibe Fleischwurst.

Als alles aufgegessen war, fragte Arthur in die Runde, ob sie den Elfen vielleicht bei ihren Hochzeitsvorbereitungen helfen wollten. Zelda fand diese Absicht super. Sie wuschen rasch alles ab und machten sich dann auf den Weg, erst zu Zylta und Lia. Sally fragte die Waldelfen, ob sie ihre Hilfe brauchen könnten. „Da müsst ihr Lyra fragen, sie leitet hier alles", informierte eine Elfenfrau sie und zeigte ihnen, wo sie Lyra finden würden. Lyra ist eine Magierin. Sie zauberte dank ihrer

Magie überall Blumen hin und dekorierte so die aufgestellten Tische.

„Seid gegrüßt, Lyra. Wir wollen euch helfen, die Hochzeit vorzubereiten", grüßte Zelda sie. – Und obwohl Zeldas Aussehen gegenüber früher sich verändert hat, erkannte Lyra sie sofort. „Es ist schön Zelda, dass du auch hier bist, und noch schöner zu sehen, dass es dir gut ergeht."

Mit vereinten Kräften zauberten die beiden alles in der Art, wie es für die Feier gewünscht war. „Fertig. Da kann die Hochzeit ja beginnen", freute sich Lyra und war's zufrieden.

Zyltas und Lias Hochzeit

Die Freunde machten sich schick für die Trauung und die anschließende Feier. „Ich weiß nicht, ob ihr es erinnert, aber die Umhänge, die Zylta und Lia für uns damals angefertigt haben, habe ich mitgenommen. Die können wir uns dann überhängen", schlug Zelda vor. – „Ja schön. Aber dass du die überhaupt eingepackt hast …", wunderte sich Sally. Zelda meinte daraufhin, sie habe nicht gewusst, was man hier so erleben würde, wollte aber auf alle Fälle vorbereitet sein. „Aber ich bin mir sicher", wandte Sally ein, „dass alle Frauen und Weibchen nackig erscheinen werden." – „Ja natürlich, stimmt. Gut, dann belassen wir beide es beim Schminken, machen uns hübsch und verzichten auf die Umhänge."

Bei Sally ging's mit dem Schminken etwas flotter, aber auch Zelda war nun fertig damit. Die Jungs draußen zeigten sich höchst ungeduldig und fragten nach, was Zelda so lange gemacht hätte. „Entschuldigt, aber ich habe mich noch ein bisschen umgeschminkt mit der Schminke, die ich mir im Tal des Mondes besorgt hatte."

„Also beeilt euch, wir wollen doch nicht zu spät kommen." Arthur, Pascal, Zelda und Sally machten sich auf den Weg. Das heißt, die Weibchen – Zelda und Sally – flogen zur Hochzeit, die Männchen – Arthur und Pascal – wurden mit einem Boot zur Trauung geleitet.

Jessika kam hinterhergeflogen und rief ihnen zu, sie sollten auf sie warten. „Du darfst wohl mitkommen?", rief Pascal zurück. – „Ja, darf ich, sagte meine Mutter, da die Waldelfen nichts dagegen einzuwenden hatten und mich schließlich auch eingeladen haben." – „Die Waldelfen fühlen sich sicher geehrt, wenn ihnen die Tochter der Hohepriesterin ihre Aufwartung macht. – „Schon gut. Und ihr? Ihr habt bestimmt auch was Gutes für sie getan. Oder?" – „Klar. Wir haben ihr Volk von den Klagegeistern befreit, die den Nadelwald der Elfen in Trauer gehüllt hatten. Das Brautpaar heute, das hat uns dabei geholfen. Zudem durften wir in deren Baumhaus wohnen", bestätigte Zelda Jessikas Vermutung. – „Also meine Mutter und ich, wir sind euch auch für immer dankbar, dass ihr mich aus diesem ewigen Schlaf erweckt habt, den Gefahren getrotzt habt und es euch gelungen ist, die Blume mit den rosa Blüten zu besorgen. Weil dies etwas sehr Gutes für unser Volk war, haben wir euch in unser Volk aufgenommen."

„So was machen wir doch gerne", sprachen die Freunde im Chor und strahlten Jessika an.

„So, nun aber schnell, damit die Trauung nicht ohne uns beginnt", drängte Sally.

Vor dem Altar, an dem die Trauung stattfinden würde, hatten die fleißigen Elfen Stühle aufgestellt und alles ringsum mit schönen Blumen und Blättern geschmückt.

Sie setzten sich vorn in die erste Reihe, weil noch so gut wie keiner da war. Es dauerte jedoch nicht lange, bis sämtliche Stuhlreihen gefüllt waren. Unmittelbar neben dem Altar hatten die Angehörigen von Zylta und Lia und die Blumenkinder Platz genommen.

Die Freunde waren schon auch etwas aufgeregt, weil dies nun mal ihre allererste Elfenhochzeit war. Zwar hatten sie an der Hochzeit von Sarah, der Herrin des Feuers, teilgenommen, doch ist Sarah ein Mensch.

Da nun sämtliche Teilnehmer versammelt waren, begab sich Königin Kalina zum Altar und die Trauung begann.

„Werte Gäste und Freunde des Brautpaares, ich heiße euch herzlich willkommen, zur Trauung von Zylta und Lia. Wir begrüßen die erste Braut, Zylta", sprach sie und deutete nach rechts. Zylta trat zu ihr, vor den Altar, rechter Hand.

„Wir begrüßen die zweite Braut, Lia." Kalina deutete nach links. Lia trat zu ihr, linker Hand vor den Altar.

Da stand das Brautpaar nun. Applaus brandete auf. Die beiden waren ganz offensichtlich ziemlich aufgeregt. Auf dem Altar standen ein Glas mit roter Flüssigkeit, eine Schale mit Wasser, die Trauringe lagen daneben. Der Applaus war abgeebbt, woraufhin die Königin nun eine Rede hielt. Sie ließ Revue passieren, was die Brautleute in ihrem bisherigen Leben erreicht hatten und jetzt gemeinsam zu erreichen gedachten. Sie rief die Waldgöttin an und bat das Paar zu beschützen auf ihrem gemeinsamen Weg.

Nun durften Zylta und Lia vom Wein nippen, zuerst Lia, nach ihr Zylta. Jetzt kam das Wasser an die Reihe. Lia aber war so aufgeregt, dass sie nicht mehr wusste, was sie mit dem Wasser anstellen sollte.

„Lia, du darfst nun Zylta mit diesem magischen Wasser bespritzen, dann darf umgekehrt Zylta Gleiches bei dir tun. Einfach die Finger ins Wasser tauchen und es symbolisch auf deine Partnerin schnipsen", raunte ihr Kalina zu.

Als Lia die Hand in das magische Wasser tauchte,

leuchtete dieses in hellem Licht auf, es wurde auch richtig warm. Sie sprengte ein paar Tropfen auf Zylta mit den Worten „Möge das magische Wasser dich beschützen." Nun war Zylta an der Reihe, besprengte Lia und sprach dieselben Worte.

Danach durften sie sich gegenseitig die Ringe anstecken. Zylta nahm einen Ring und steckte ihn Lia an den Ringfinger mit den Worten „Möge der Ring unsere Liebe erhalten und uns für immer verbinden." Lia nahm den anderen Ring und steckte ihn mit denselben Worten an Zyltas Ringfinger. Nun fassten sie sich gegenseitig an die Brust und murmelten Worte, die keiner wirklich verstehen konnte.

„Hiermit erkläre ich euch zu Eheleuten. Ihr dürft euch jetzt küssen."

Ein besonderer Moment. Die beiden küssten sich innig auf den Mund, umarmten sich, sichtbar glücklich, und berührten sich dann gegenseitig kurz an der Scham, um sich Fruchtbarkeit und viele Kinder zu wünschen. Jubel und frohes Klatschen seitens des Publikums. Die Zeremonie war hiermit beendet. Alle hatten sich von ihren Plätzen erhoben, das euphorische Klatschen wollte kein Ende nehmen. Mit einem Mal regnete es bunte Rosenblütenblätter über den Altar, vor dem sich Zylta und Lia wieder und wieder küssten. Die Blumenkinder warfen Blumen über die beiden. Ein wunderschönes Bild. Die Eheleute wandten sich um zum Publikum und sahen, dass ihnen die vielen Waldelfen unverändert Beifall spendeten.

Nun traten die Freunde und Jessika auf Zylta und Lia zu. „Eure Trauung war sehr schön", sagte Zelda; sie war wirklich sehr angetan. – „Wir haben im Nadelwald aber auch ordentlich geübt, um an diesem unserem großen Tag keine Fehler zu begehen", stimmte Zylta zu. Die Freunde und Jessika gratulierten den beiden und ließen dann andere Elfen nachrücken, die den Eheleuten ebenfalls zu gratulieren wünschten.

Nun begab sich die gesamte Gesellschaft zum Festplatz, um ausgelassen zu feiern.

Das Festessen stand schon bereit. Die Freunde und selbstverständlich Jessika nahmen am Königlichen Tisch – an dem auch Zylta und Lia saßen – Platz. Die Hohepriesterin kam hinzu; zwar hatte sie natürlich an der Zeremonie teilgenommen, aber noch keine Gelegenheit gehabt, dem Paar zu gratulieren, das holte sie nun nach – und die beiden fühlten sich wirklich geehrt. Als alle Elfen ihre Plätze eingenommen hatten, hielten Zylta und Lia eine Dankesrede und eröffneten das Büffet.

Die Freunde staunten nicht schlecht, weil da Speisen serviert wurden, die auf der Erde, im Besonderen in Schmölln, gang und gäbe sind. „Schaut mal, das sind Wickelklöße … mit Bratensoße", freute sich Arthur. – „Prima, aber wo ist der Braten?", wunderte sich Pascal und blickte über das Büfett. Ergebnislos. – „Die Wickelklöße schmecken wie die von meiner Oma Monika", schwärmte Zelda; sie mochte diese Art Klöße besonders gerne.

Als Beilagen gab es zudem Rotkraut, Brot, kleine Brötchen, verschiedenes Obst und Gemüse.

Nach ausgiebigem Festtagsschmaus spielten einige Elfen fröhliche flotte Musik. Den Tanz eröffneten Zylta und Lia gemeinsam. Und es gesellten sich immer mehr Elfen dazu und tanzen mit. Die Freunde, unterstützt von anderen Elfen, klatschen dazu und schauten den Tanzenden zu. Nach mehreren Runden kamen Zylta und Lia herbei, um mit ihnen zu reden. „Ihr könnt super gut tanzen", lobte Sally sie. „Danke schön für dein Kompliment."

„Erkennt ihr diese Umhänge wieder, die Arthur und Pascal tragen?", fragte Zelda sie. – Man sah Lia die Freude an: „Natürlich kennen wir die noch; das sind die Umhänge, die wir für euch geschneidert haben, aus Lenya-Fasern. Ich kann nicht glauben, dass ihr die noch habt." – „Ach weißt du, Lia, wir heben alles auf, ganzbesonderes solche Dinge, die wir von Freunden bekommen haben", antwortete Zelda.

Da kam ein junger Elf auf heran und forderte Sally zum Tanz auf. Sally nahm erfreut an. Auch Jessika wurde zum Tanz aufgefordert. Pascal hatte dafür nichts übrig und blieb sitzen, indessen Arthur mit Zelda tanzte, Zylta wieder mit Lia.

Später schaute die Hohepriesterin des Mondes nach ihrer Tochter und verabschiedete sich vom Brautpaar. Sie bemerkte insgeheim, dass Jessika offensichtlich viel Spaß hatte mit den Waldelfen, obwohl sie meist etwas Scheu vor Fremden hat. Sie ließ Jessika gewähren und flog zu Königin Kalina, um sich mit ihr zu unterhalten.

Immer mehr Baumelfen strömten zum Festplatz und wunderten sich, weshalb die Waldelfen so toll feierten.

Während einer Tanzpause kamen die Baumelfen mit Eis herein, Eis jeglicher Geschmacksrichtung: Vanille,

Schoko, Erdbeere, Banane und vieles andere mehr. Die Waldelfen waren davon restlos angetan, denn Eis bei ihnen zu Hause gab es kaum, das heißt, dort gab es keine Möglichkeit, Eis herzustellen. Sogar der Hohepriesterin wurde Eis gebracht; sie liebte Eis, doch auch im Tal des Mondes ist dies eine absolute Seltenheit.

Es war mittlerweile mitten in der Nacht. Nur noch das herabrieselnde Baumwasser beleuchtete hell die Szenerie. So manche Elfen hatten sich bereits in ihre Quartiere zurückgezogen, ermattet und müde von Feierlichkeit und Tanz. Nur die Freunde, Jessika, Zylta und Lia harrten noch eine Weile aus.

„Kommt mit", ermunterte Zelda sie, „ich zeige euch was Schönes", und führte Zylta, Lia, Arthur und Pascal, Kalina und auch die Priesterin zu jener Stelle, wo der kleine Teich sich befand. „So, jetzt zieht mal eure Schuhe aus und haltet die Füße ins Wasser." Was für eine Wohltat. Das Wasser erwies sich als angenehm warm, es leuchtete hell, und eine rote Seerose blühte in voller Pracht. Das Moos, auf dem sie saßen, war flauschig weich und trocken. Um den Teich herum wuchs Farn, und überall flogen kleine Glühwürmchen umher. „Und, was sagt ihr? Ist es nicht schön hier, an diesem Teich, geradezu wie an einer heißen Quelle?"

„Wir haben vor, morgen zum Baumzentrum zu fliegen, um uns dort die Zutaten für den Schwangerschaftstrank zu besorgen. Möchtet ihr vielleicht mitkommen?", ließ Zylta verlauten. – „Ja gern, aber bitte erst nach dem Aufstehen …" – „Bei der Gelegenheit wäre es doch sicher eine gute Idee, uns auch den Baum, in dem die

Baumelfen wohnen, genauer anzusehen", schlug Arthur vor.

Sein Vorschlag regte die Hohepriesterin an, einiges dazu mitzuteilen. „In der Mitte des Baumes befindet sich auch der große Altar, an dem wir Könige und Königinnen in ein paar Tagen unsere Zeremonie abhalten werden, um die Magie auf Nox zu erneuern. Da bitten wir unsere Götter sowie die Elfen, ihre Urelfen, uns neue Kraft zu verleihen und alle magischen Wesen und Dinge wieder aufzuladen. Sogar einfache Menschen spüren das." – „Und was geschähe, falls diese Zeremonie nicht stattfinden würde?" – „Ach Pascal, das wäre nicht weiter schlimm. Schlimm wäre nur, würde der Baum sterben, denn in dem Fall würde ganz Nox untergehen. Aber das passiert nicht; der Baum besteht aus dem härtesten Hartholz, das es gibt, es kann auch nicht brennen."

Noch ein Weilchen erzählten sie sich etwas, bis schließlich alle vor Müdigkeit gähnen mussten. „Ich bin müde, gehe jetzt in mein kuschlig warmes Bett. Schlaft gut", verkündete Jessika, flog zurück zum Haus, zog den Schlafanzug an … und schon lag sie im Bett. Wenig später waren ihr alle anderen auch in die Betten gefolgt. „Seid ihr auch auf morgen gespannt, wenn wir mit Zylta und Lia unterwegs sind und uns bei der Gelegenheit auch den großen Altar ansehen, wo bald die Hohepriesterin mit allen anderen Herrschern der Elfen diese Zeremonie abhalten wird?" – „Wird bestimmt interessant, Zelda", gähnte Arthur, kurz vorm Einschlafen. Sie zogen sich aus und um und fielen in ihre Betten.

„Wer von uns soll denn nun zuerst trinken?", raunte

Zylta. – „Weiß nicht. Möchtest du zuerst? Oder soll ich den Anfang machen?" Lia war unschlüssig. – „Am besten wird's wohl sein, wir entscheiden das erst morgen und schlafen jetzt." Sie lagen in ihrem Ehebett, umarmten und küssten sich ... und *schwups* waren sie eingeschlafen.

Ein neuer Tag, ein neuer Morgen. Nebelschwaden drangen durch das mächtige Geäst des Baumes und breiteten sich über die Teiche aus; es wurde richtig warm.

Die Einzigen, die um diese Tageszeit vollkommen wach und munter umherliefen, waren die Sonnenelfen. Sie wachten darüber, dass am Tag alles ruhig blieb. Und falls doch irgendetwas geschähe, würden sie Alarm schlagen, etwa, falls ein schwerer Sturm aufzöge. An diesem Tag jedoch verhielt sich das Wasser unten im Ozean, soweit man das von ganz oben sehen konnte, sehr ruhig.

Aus dem Wasser entwichen Irrwichte und schwirrten umher – kleine leuchtende Kugelwesen, nur tagsüber zu sehen.

Währenddessen träumten die Freunde in diesen Tag hinein. Denn auch Traumfeen waren auf dem Baum zu Gast.

Der Schwangerschaftstrank

Die Sonne ging am Ende des Tages in einem herrlich leuchtenden, rot glühenden Ball unter, als die Freunde erwachten. Die Hohepriesterin war schon munter und deckte soeben den Tisch unten in der Küche. Sie machten sich frisch, schlüpften in ihre Klamotten und halfen ihr dabei.

„Nun, habt ihr gut geschlafen?"

„Hallo. Ja. Ich jedenfalls habe sehr gut geschlafen, auch was Schönes geträumt", murmelte Zelda. Die anderen bestätigten, dass auch sie toll geträumt hätten. Da lachte die Priesterin, denn: „Ich habe am Tag Traumfeen herumfliegen sehen; die bescheren uns schöne Träume. Hat man aber keinen Traumfänger im Zimmer, kann sich daraus auch ein Albtraum ergeben." – „Traumfänger? Wo in unseren Zimmer gibt es denn Traumfänger?", fragt Arthur nach. – „Ich habe alle Mondelfen gebeten, ihren Traumfänger mitzubringen für den Fall, dass Traumfeen hier auf dem Baum auch tatsächlich anwesend wären; das sind sie auch. Da ich wusste, dass ihr keine Traumfänger habt, habe ich in jedem eurer Zimmer an der Decke einen aufhängen lassen, der euch vor bösen Träumen bewahren soll."

Sie sahen sich in ihren Zimmern um … und tatsächlich entdeckten sie je einen Traumfänger, der ihnen bislang nicht aufgefallen war. Sie betrachteten ihn gerade so, als wüssten sie nicht, um was es sich handelte. Aber dank der Priesterin wussten sie natürlich Bescheid.

So ein Traumfänger ist rund, verziert mit Perlen und

bunten Federn und ist Traumfängern, wie man sie auf der Erde kennt, durchaus ähnlich.

„Wir aus den Tiermenschenvolk haben auch Traumfänger, doch habe ich noch niemals einen besessen", bedauerte Sally.

Etwas später kam Rosa wieder angeflogen und teilte Essen aus für die Mondelfen.

„Hallo Rosa. Weißt du zufällig, ob die Waldelfen schon wach sind? Wir haben uns nämlich mit zweien von ihnen verabredet", fragte Zelda, während sie Arthur und Pascal frisches Brot und die Butter in die Hand gab. – „Weiß ich nicht, bin für die Waldelfen nicht zuständig. Tut mir leid." – „Na dann. Wir können ja nach dem Essen mal zu ihnen hingehen und nach ihnen schauen."

Es gab diesmal eine Schüssel mit Quark. Sally und Jessika machten sich ein Quarkbrot. Als dies verspeist war, holte sich Sally die Salami aus der Kühlkammer, schnitt Scheiben ab und legte diese auf eine weitere Scheibe Brot. „Schmeckt die denn?", wollte Jessika wissen. „Schon. Willst du mal kosten?" Sally bot ihr ein kleines Stück davon an. Zwar kaute Jessika darauf herum, spuckte es aber gleich wieder aus. „Igitt … ist die scharf!", prustete sie angewidert. – „Da hast du wirklich recht, meine Liebe, die ist wirklich ziemlich stark gewürzt", pflichtete die Hohepriesterin ihrer Tochter bei. – „Viel lieber mag ich Geflügelsalami. Oder auch Fleischwurst. Aber die Salami, die hat ja Pfefferkörner …" Da griff Jessika doch viel lieber zum Käse.

Die Sonne war mittlerweile vollständig verschwunden,

nur die letzten Streifen Lichts waren noch am Himmel zu sehen. Die Freunde flogen los, um sich nach Zylta und Lia umzuschauen; sie wollten ja gemeinsam mit ihnen den Schwangerschaftstrank besorgen.

Die frisch Verheirateten erwarteten sie schon. „Da seid ihr ja endlich, mit Verspätung", rügte Zylta sie, aber nur zum Spaß. – „Tut uns leid, aber wir hatten schöne Träume, da wollten wir einfach nicht aufwachen", entschuldigte Zelda die Verspätung. – „Wie schön. Na, jetzt seid ihr ja da. Dann lasst uns mal aufbrechen. Wir fliegen zur Baummitte und holen uns im Zaubertrankladen den Schwangerschaftstrank."

Sie orientierten sich noch kurz auf der Karte, flogen dann einen kleinen Fluss entlang und kamen schließlich bei den Wasserelfen heraus. Diese zeigten ihnen einen Weg, der sie zunächst zu den Sonnenelfen und von dort aus zu den Eiselfen führen würde. Das klang kompliziert.

Sie flogen hierhin und dorthin, erkundigten sich mehrmals bei Elfen, wie sie denn nun zu den Baumelfen gelangen könnten, die bekanntlich hier irgendwo im Baum, in der Mitte, wohnen würden. Stundenlang flogen sie vergeblich hin und her, letztendlich zurück, um Rosa ausfindig zu machen; die müsste ja wissen, wo es hier zur Baummitte ging. Sally bat Rosa, ob sie Zeit hätte und ihnen vielleicht behilflich sein könnte. „Für euch hab ich doch immer Zeit, ich bin für jede der Mondelfen da." – „Wir wollen mit den beiden Waldelfen hier", Sally deutete auf Lia und Zylda, „ins Baumzentrum fliegen, dahin, wo auch du wohnst, aber wir finden den Weg nicht. Kannst du uns dorthin geleiten?" – „Aus welchem Grund wollt ihr denn zu mir nach Hause?", fragte Rosa und gab sich regelrecht erschrocken. – "Nein, nicht in dein Heim. Wir wollen uns dort nur etwas umschauen. Und Zylta und Lia möchten sich im Zaubertrankladen einen Schwangerschaftstrank kaufen", erklärte ihr Arthur.

"Na, wenn das so ist, dann folgt mir."

Sie flogen eine ganze Weile, bis sie immer höher und höher gelangten und das Fliegen ob der unzähligen Blätter kaum mehr möglich war. Also fuhren sie ihre Flügel ein und gingen zu Fuß weiter. Nach einiger Zeit gelangten sie auf eine große Lichtung. Auf dieser wuchsen große Äste in einem Kreisrund nach oben. Nun konnten sie wieder fliegen – direkt in diesen riesigen Kreis hinein, und befanden sich nun in der Mitte des großen Baumes.

"So, wir sind da. Hier wohnen die Bewohner des Baumes, der Markt ist weiter hinten in dieser Richtung. Ich gebe euch noch eine Karte von der Baummitte mit. Und hier noch eine Karte, auf der eingezeichnet ist, wie ihr wieder zurückfindet; falls euch das aber nicht gelingen sollte, nehmt diesen Stein hier. Der Stein bringt mich dann auf magische Weise zu euch." Rosa reichte Zelda einen schönen grünen Stein.

"Danke, Rosa, du hast uns sehr geholfen, obwohl wir keine Mondelfen sind", bedankten sich Zylta und Lia. – "Ja, wir helfen allen Elfen gern, auch wenn sie nicht zu den Völkern gehören, die ich betreuen muss." Und schon schwirrte Rosa davon.

Sie machten sich auf den Weg zum Markt, auf der Suche nach dem Zaubertrankladen. Nun standen sie davor und betraten ihn. Im Innern sah man zahlreiche kleine und große Phiolen, Flaschen und Reagenzgläser auf mehreren Regalen stehen.

„Seid gegrüßt. Wir suchen den Schwangerschaftstrank, habt ihr diesen da?", wandte sich Lia an eine Alchemistin der Baumelfen. – „Bei uns gibt es sämtliche Tränke, die jemals von Elfen erfunden wurden." – „Schön, ich hätte gerne zwei Phiolen davon, eine für mich und eine für meine Frau Zylta. Wir haben gestern hier geheiratet", verkündete Lia stolz. – „Aha, na dann noch alles Gute für euer gemeinsames Leben. Und jetzt möchtet ihr beiden wohl Kinder haben?" – „Ja, das möchten wir."

„Der Trank, eine Phiole, kostet einhundert Silberlinge oder ein Goldstück." Sie bezahlten 2 Goldstücke und erhielten 2 Phiolen des begehrten Tranks.

„Entschuldigung …", meldete sich Sally, „ich hätte auch gerne so ein Trank." Die Runde, einschließlich der Verkäuferin, guckte völlig überrascht. Zelda reagierte als Erste: „Sally, wozu brauchst du denn so einen Trank? Du bist doch so ein schönes Mädchen, hast bestimmt viele Verehrer, dass du es ebenso gut auf natürliche Weise versuchen kannst." – „Der Trank ist doch nicht für mich bestimmt, sondern für meine Kusine. Sie möchte gern Kinder bekommen, hatte aber bisher immer nur Pech mit den Jungs. Sie soll sich nicht mehr so abplagen und nicht weiter nach einem geeigneten Partner suchen müssen; am Ende klappt es dann meist nicht. Damit sie nicht den Mut verliert, jemals Kinder zu haben, kaufe ich ihr diesen Trank. Dann kann sie selbst entscheiden, falls sie irgendwann bereit ist, Kinder auch ganz allein zu bekommen." Ein bisschen verlegen war sie dabei schon, weil die anderen gedacht hatten, der Trank wäre für sie. – „Ist doch toll, dass du so an sie denkst", lobte Pascal sie, während sie den Trank einpackte.

Die Eheleute ließen keine Zeit verstreichen …

Lia nahm jetzt den Trank zu sich. „Hm, schön süß", bemerkte sie nach dem ersten Schluck. Danach bat sie die Alchemistin um Auskunft, ob sie denn nun schwanger sei. Ihr wurde versichert, dass sie nun tatsächlich schwanger sei und zwei Kinder bekommen würde.

„Darf ich dich mal was fragen?", wandte sich Zelda an die Verkäuferin.

„Nur zu …"

„Warum überhaupt gibt es diesen Trank? Könnt ihr das denn nicht auf natürliche Weise tun, also … euch von einem Jungen schwängern lassen … ganz ohne den Trank?" – „Den Schwangerschaftstrank haben wir Elfen schon vor langer Zeit erfunden und an alle Elfenvölker verteilt; er funktioniert bei jeder erwachsenen weiblichen Elfe. Ursprünglich wurde der Trank nur für Elfen erfunden, später haben aber auch Menschen ihn bekommen, alleinstehende Frauen, also ohne Männer, oder auch Frauen, die nicht mit einem Manne zusammen sein wollen. Bei den Menschen bekommt die Frau einen Jungen und ein Mädchen, bei einer Elfe können es auch mal zwei Mädchen sein." – „Aha. Aber wozu gibt es ihn denn nun?" Zelda blieb hartnäckig in der Hoffnung, ihre Frage beantwortet zu bekommen. – „Nun, vielleicht ist es euch noch gar nicht aufgefallen: Es gibt viel mehr Elfenfrauen als Männer." – „Jetzt, wo du das sagst, fällt es mir auch auf. Als wir uns im Nadelwald aufhielten, waren ja sehr viele Elfenfrauen, selbst die

Klagegeister … auch diese waren allesamt Frauen. Und im Tal des Mondes verhält es sich genauso: sehr viel mehr Frauen, selbst sehr viele Wachen sind Frauen."

„So ist das. Auch damals schon, bei den Urelfen, waren es viel mehr Frauen als Männer. Das ist auch heute noch so", erklärte ihnen die Alchemistin. – „Und trinkt man davon, ist man schwanger?" Arthur konnte sich das gar nicht so richtig vorstellen.

„Hab ich doch schon erklärt."

Pascal nahm die Phiole aus Lias Hand in der Absicht, davon zu kosten. Die Alchemistin warnte ihn, aber zu spät. Er hatte den Mund schon voll davon, spuckte aber sofort alles wieder aus. „Igitt! Ist das Zeug bitter. Dachte, du hättest gesagt, der Trank sei süß." Pascal schüttelte sich. – „Das trifft auch zu. Für eine erwachsene Frau schmeckt er süß, für ein noch unreifes Mädchen sauer, aber für eine Jungen so richtig richtig bitter." Sie konnte ein schadenfrohes Grinsen nicht verbergen. – „Haha, das hat Pascal jetzt voll gemerkt." Arthur lachte schallend, die anderen stimmten mit ein. Jetzt aber wandte er sich an Zylta. – „Zylta, wann willst du denn den Trank einnehmen?" – „Erst in zehn bis dreißig Wochen, damit die Kinder nicht zur gleichen Zeit geboren werden."

Sie verabschiedeten sich von der Alchemistin und flogen jetzt nur so umher, wobei sie den großen Altar entdeckten, an dem in ein paar Tagen die Elfenzeremonie stattfinden würde. Diesen Altar wollten sie sich näher ansehen, wurden aber von den Wachen, die ihn beschützten, aufgehalten. Den Altarraum dürften nur königliche Elfen betreten, wurde ihnen mitgeteilt.

In einem Gasthaus verzehrten sie eine Kleinigkeit und flogen zurück, fanden den Weg aber nicht mehr. Zum einen wussten sie nicht, wie sie die Karte halten sollten, zum anderen gab es mehrere Ausgänge aus dem Baumzentrum heraus. Ihnen fehlte die Lust weiterzusuchen, weshalb sie Rosas Stein benutzten und Rosa damit herbeiriefen. Nur eine Minute darauf war Rosa an Ort und Stelle und lotste sie zurück.

„Danke, Rosa, du hast uns schon wieder sehr geholfen." Zylta flog mit Lia zum gemeinsamen Wohnast.

Zelda hatte noch einen Wunsch an Rosa und fragte, ob sie ihr etwas besorgen könne, falls es das hier überhaupt gab. „Ich kann ja mal nachschauen", sagte Rosa lächelnd, „um was geht es denn?" – „Ich hätte gerne einen Joghurt mit Banane und dazu ein Banane-Joghurt-Eis." – „Oh ja, haben wir. Wollt ihr auch so was haben?", fragte sie in die Runde. Klar hatten sie alle Appetit darauf. Rosa flog los und *flugs* war das Gewünschte geliefert.

Zelda füllte davon für jeden einen Becher mit Banane-Joghurt-Eis, ganz wie in einer Eisdiele zu Hause. Die Hohepriesterin, Jessika und Sally hatten so was Gutes noch nie gegessen, aber es schmeckte ihnen vorzüglich.

„Nur noch ein paar Tage, dann wird die Zeremonie stattfinden; ich muss mich darauf vorbereiten", erwähnte die Hohepriesterin, und alle wollten ihr dabei behilflich sein. Alle Elfenkönige auch bereiteten sich darauf vor und konnten eine gewisse Aufregung nicht verbergen.

Vor der Zeremonie

Es war der Abend vor der Zeremonie. Die Hohepriesterin hatte diesen Tag sehr unruhig geschlafen. Auch Jessika war es nicht viel besser ergangen, denn zum ersten Mal durfte sie an einer solchen Zeremonie teilnehmen. Auf diese Weise sollte sie erfahren, wie diese Zeremonie abläuft, welchen Inhalts sie ist und welche Bedeutung sie hat. Irgendwann würde sie die Hohepriesterin notfalls vertreten müssen in ihrer Funktion dann als Erzgroßpriesterin, genauso wie ihre Schwestern. Und sollte sie später einmal Kinder haben, wäre sie in der Lage, das Wissen um diese an sie weiterzugeben.

Die Freunde hingegen hatten diesen Tag sehr gut schlafend verbracht und waren bereits munter.

Nach dem Frühstück überlegte Jessika mit besorgter Miene, wie sie sich schmücken sollte, denn sie wollte guten Eindruck hinterlassen bei den Elfenprinzessinnen und -prinzen. „Wie nur soll ich mich schmücken?", fragte sie sich und durchwühlte das Schmuckkästchen.

Ihre Mutter kam hinzu und wunderte sich über Jessikas hektisches Herumkramen.

„Ich suche nach etwas Passendem für heute Abend, für die Zeremonie, finde nur nichts." Sie schaute etwas traurig drein. – „Ach weißt du, die anderen Prinzessinnen werden ohne jeden Schmuck erscheinen. Also genügte es doch, wenn du etwas Blau-Silbernes und das schöne Silberdiadem mit den blauen Kristallen wählst", schlug die Hohepriesterin vor. – „Ich habe mein Diadem aber gar nicht eingepackt", stellte Jessika erschrocken fest. – „Ich aber habe daran gedacht, als ich mein Diadem eingepackt habe", beruhigte sie ihre Tochter, die nun sehr erleichtert war.

Die Freunde vergnügten sich draußen mit anderen Elfen bei einem Ballspiel, um die aufkommende Langeweile zu vertreiben. Unterdessen war Jessika mit ihrer Mutter, Sally und Zelda zum Mondelfen-Frisör geflogen, um die Frisur zurechtmachen zu lassen. Der Frisör, nein, eine Friseuse war nach der Ankunft am Baum auf dem Schiff geblieben; dort erwartete sie die vier bereits.

Erst wusch man ihnen die Haare, dann schnitt man die Haarspitzen. Anschließend erhielten sie eine Kopfmassage, um zu entspannen. Nach einer Stunde waren die vier zwar fertig, aber zusätzlich zur Haarwäsche sollte ja auch noch der übrige Körper gereinigt werden. Die Priesterin fragte Jessika, Sally und Zelda, ob sie sich mit ihr zusammen waschen wollten, denn sie bräuchte jetzt auch ein Bad.

Sie trafen sich ein paar Minuten darauf vor dem Badehaus, eine jede versorgt mit frischen Handtüchern. Sie hatten ihren Schmuck abgelegt, lagen nun im heißen Wasser, genossen die Wärme und unterhielten sich noch ein bisschen …

„Ich bin ja so aufgeregt wegen heute Abend." – „Jessika, auch ich bin aufgeregt, aber lange nicht so sehr wie du. Das ist stets dasselbe vor so einem Ereignis", sagte ihre Mutter. „Ich war schon vor vielen Millionen Jahren genauso sehr aufgeregt, als ich zum ersten Mal daran teilnahm. Aber meine Mutter hatte mir natürlich geholfen. Sie wird am Abend übrigens auch anwesend sein."

„Und wer ist deine Mutter?" – „Meine Mutter, liebe Zelda, ist die Mondgöttin Emune, die wir alle auch anbeten. Es gibt aber auch Elfen, die mich anbeten, nur weiß ich nicht, weshalb. Vermutlich, weil ich ja auch so etwas wie eine Göttin bin. Einen solchen Rang haben nicht alle Elfenkönige." – „Aha. Und wer ist dein Vater?" – „Mein Vater, Sally, ist hier dieser Baum … Nun, meine Mutter Emune hatte sich mit dem Baum gepaart, woraufhin sie schwanger wurde. So ein Vorgang ist auch nur mit diesem Baum hier möglich; er symbolisiert Fruchtbarkeit und er lebt ja auch." – „Was … der Baum lebt?" – "Ja, Zelda, so ist es. Im Frühling trägt er Blüten, die eine Menschenfrau oder ein Elfenweibchen befruchten können, allerdings nur die männlichen Blüten. Umgekehrt können aber auch weibliche Blüten von Menschenmännern oder Elfenmännern befruchtet werden, schwanger werden und auf diese Weise ein Kind bekommen … ganz ohne Zutun einer Frau. Das alles kann dieser Baum bewerkstelligen." – „Und wie erkenne ich eine männliche und eine weibliche Blüte", fragte Zelda. – „Es ist so: Eine männliche Blüte hat einen Kelch, so ähnlich wie bei einer Orchidee. In der Mitte des Kelchs ragt eine Art Stempel oder Griffel auf, umgeben von Staubblättern mit Pollen; damit wird die Frau befruchtet.

Und die weibliche Blüte sieht so ähnlich aus wie eine volle Schneeglöckchenblüte, nur mit dem Unterschied, dass sie einen noch geschlossenen Fruchtknoten hat, den ein männliches Wesen befruchten kann.

Das dauert ungefähr zweihundertfünfzig Tage, dann blüht sie auf und ein Kind ist geboren. Nur muss man dann noch zehn Monate lang auf dem Baum ausharren, da die Blüte das Kind in dieser Zeit mit ihren besonderen Säften nähren muss. Danach fällt sie ab, und man kann sie mit heimnehmen. Das ist bei der männlichen Blüte nicht viel anders, allerdings verwelkt sie.

Einmal im Jahr kommen viele Menschenmänner und -frauen mit unerfülltem Kinderwunsch hierher und erfüllen sich mithilfe des Baumes ihren Traum."

Hiermit beendete die Hohepriesterin ihre Erläuterungen.

Da meldete sich Sally zu Wort: „Aha. Aber in der Stadt des Mondes erzählt man sich, der Vater sei unbekannt." – „Das ist so und soll auch so bleiben. Ihr dürft niemandem erzählen, dass ich von einem Baum abstamme, denn die andere Wahrheit ist mir ziemlich peinlich." – „Was ist denn dann die Wahrheit?", bohrte nun Jessika weiter. Ihre Mutter lief rot an im Gesicht und breitete nun die ganze peinliche Wahrheit vor ihnen aus. „Ich hatte mir zehn Männer aus unserer Stadt ausgesucht, die ich für würdig erachtete. Sie sollten einzeln zu mir kommen, um sich mit mir insgeheim zu vereinigen; schwanger geworden bin ich jedoch nicht. Schließlich habe ich es mit diesem Trank versucht … und das hat dann endlich funktioniert", beendete sie ihre Beichte und vermittelte einen sehr verlegenen Eindruck.

„Du hast dich also mit vielen Männern getroffen, nur um ein Kind zu bekommen", schlussfolgerte Zelda. – „Ja. Aber bitte, schweigt darüber, denn es ist mir wirklich äußerst peinlich." – „Wir werden niemandem etwas sagen, stimmt's, Sally?" – „Klar, Zelda, kein Wort geht über meine Lippen." – „Eigentlich habe ich sogar acht

Kinder." Die Hohepriesterin war kaum noch zu stoppen. „Ein auf unnatürlichem Weg empfangenes Kind, Jessika, meine Jüngste, und sieben Kinder mittels Paarung mit Männern. Die Älteste ist Meastra. Die anderen leben ja nicht mehr bei mir, nur Jessika, mein Sprössling. Ach ja, ich bin schon eine unglaublich urige Uroma."

Was war das doch für ein Badevergnügen. Und erst diese tiefschürfende Unterhaltung … Sie trockneten sich ab und flogen frisch gewaschen zurück. Arthur und Pascal hatten sich schon gewundert, wo sie abgeblieben waren. „Wir waren, wie ihr doch hoffentlich sehen könnt, beim Frisör und haben danach noch gebadet", informierte Zelda die Jungs. – „Du riechst nach Kamille und Seife", stellte Pascal fest. – „Wir haben ja auch in Kamillenwasser gebadet und uns eingeseift", ergänzte Sally. – „Das sehen wir, eure Haare sind ja noch ganz nass."

Nach dem Mitternachtsessen legten sie sich nochmals hin, um für den Abend ausgeruht zu sein. Nur konnte Jessika wegen er inneren Unruhe kaum schlafen und trank deswegen zwei Kannen Beruhigungstee. Zur richtigen Teezeit brachte Rosa Kuchen und eine wunderbare Torte, gemacht von den Baumelfen-Konditoren, für alle Mondelfen vorbei. Arthur fragte sie, ob die Baumelfen nur für die Mondelfen kochen und backen würden oder aber für alle hier. Rosa beschied ihm, dass dieser Service für alle Elfenvölker gleich sei; sie wollten schließlich gute Gastgeber sein. Dann flog Rosa weiter, um auch die anderen Mondelfen zu beliefern.

Der Tag verstrich, die Zeremonie rückte Stunde um Stunde näher. Und schon bald würde die Uhr Mitternacht einläuten, kurz vor dem abendlichen Ereignis.

Jessika hatte die Zeit mit Herumlaufen verbracht, wegen der Aufregung, und die Blase drückte beständig wegen des vielen Tees, den sie getrunken hatte. Immerhin war sie fertig geschmückt, mit einer silbernen Verzierung auf der Brust und einem violetten Hüftschmuck. Im Begriff rauszugehen zu ihrer Mutter, musste sie schon wieder auf die Toilette rennen. „Oh nein, schon wieder …!"

„Fertig?", fragte die Hohepriesterin. – „Ja, fertig", antwortete sie und hoffte, dass dies auch so bliebe.

Die Freunde, im Verein mit anderen Mondelfen, winkten der Priesterin zu, diese winkte zurück. Einige Elfen wünschten ihr viel Glück und einen schönen Abend. Königin Kalina erwartete sie mit ihrer Familie. Gemeinsam wollten sie nun zum Altar fliegen.

„Meine Kinder sind schon sehr aufgeregt, da es für sie das erste Mal ist, dass sie bei so einer Zeremonie mit machen", sprach Kalina. – „Nun, meine Jessika ist ebenso aufgeregt, ist auch das erste Mal mit dabei und ging vorhin vor lauter Aufregung ständig auf die Toilette. Kann allerdings auch daran gelegen haben, dass sie zu viel Tee getrunken hat", meinte die Hohepriesterin mit einen Lächeln. „Übrigens, Kalina, wo ist denn der König der Waldelfen?" – „Die Waldelfen haben keinen König mehr, wir haben ihn, das heißt, ich habe ihn im Krieg gegen die Zwerge verloren." Ein paar Tränen kullerten ihre Wangen hinab. – „Das tut mir aufrichtig leid." Die Priesterin legte Kalina tröstend eine Hand auf die Schulter. – „Ja, ich danke dir. Aber seitdem die vier Freunde gemeinsam mit Zylta und Lia die Klagegeister erlöst haben, bin ich und ist mein Volk langsam darüber hinweggekommen." – „Jaja, die vier sind schon was Besonderes", unterstrich die Priesterin deren Tun.

Sie flogen immer in Richtung des Baumzentrums und trafen unterwegs auf andere Elfenkönige und deren Familien.

Es waren mehr als 200 Elfenköniginnen und -könige der Völker um den Altar versammelt. Ausschließlich die Regenten; Familienangehörige, vor allem die Kinder, durften noch nicht hinein, mussten zunächst draußen abwarten.

Die Baumelfen beobachteten, wie sich nach und nach der Zeremonienraum füllte und jedes Elfenoberhaupt seinen Platz eingenommen hatte. Oben saßen die Könige, unten die Angehörigen, die Hohepriesterin neben Kalina sowie die Königinnen der Sonnen- und der Eiselfen.

Die Zeremonie

Nach einer kleinen Weile waren nun wirklich alle versammelt. Die Hohepriesterin hatte einen kleinen Mondstein mitgebracht, den sie für die Zeremonie unbedingt benötigte, und Kalina einen kleinen jungen Lenyabaum aus ihrem Wald. Die Sonnenelfen hatten eine Kugel gefüllt mit Sonnenlicht dabei, die Eiselfen einen Eiskristall. Andere, etwa die Roten Feuerelfen, hatten einen rot leuchtenden Feuerstein herbeigebracht.

Die älteste Baumelfe führte die magische Baumzeremonie aus.

Zuerst beteten die Teilnehmer zu den vom Baum abstammenden Urelfen. Die alte Baumelfe war eine direkte Nachfahrin der Urelfen und die Königin der Baumelfen. Sie trug zu diesem Anlass schönes himmelblaues Haar, ihre Haut schimmerte weiß, ihre Brustwarzen rosa. Nun wandte sie sich an die angereisten Elfenkönige …

„Willkommen, liebe Elfenköniginnen und -könige von nah und fern. Auch begrüße ich alle Angehörigen und Begleiter. Wir heißen euch alle zur Baumzeremonie willkommen. Vor eintausend Jahren hatten wir unsere letzte Zeremonie abgehalten, um Nox neu mit Magie zu versehen. Jetzt ist es wieder an der Zeit, diese zu erneuern. Wir werden nun mithilfe unserer Zeremonie Nox wieder mit Magie und Leben erfüllen."

Während sie sprach, erblühte der Elfenbaum mit wunderschön bunten Blütenkelchen.

„Liebe Hohepriesterin. Du als erste Urelfe machst das.«

„Oh, was passiert denn jetzt?", fragten sich alle angereisten Elfen, soweit sie noch nie zuvor bei einer solchen Zeremonie dabei gewesen waren.

Die Elfen wurden nun aufgerufen, ihre Götter anzubeten. Die Götter der Elfen erschienen bei ihren Königen. Die Mondgöttin stand bei der Hohepriesterin, die Waldelfengöttin bei Kalina. Die meisten unter den Elfenvölkern aber waren Atheisten, hatten deshalb keine Gottesvorstellung. Jedenfalls ließen diese Götter ihrer Magie nun freien Lauf ... Auch die Kinder der Götter ließen sich nun blicken, die Urelfen, die aus dem Baum heraus geboren wurden.

Die Mondgöttin flog auf ihre Tochter zu, die Hohepriesterin mit dem Mondstein in Händen ihrer Mutter entgegen. Die anderen taten es ihnen gleich.

Die mehr als fünfzig gläubigen Elfen standen jetzt im Kreis um einen Springbrunnen, aus dem das magische Wasser aufstieg. Davon gaben sie ihren Göttern symbolisch zu trinken. Anschließend flog der Kreis der atheistischen Elfen herbei; sie stellten sich auch in den Kreis um den Springbrunnen ... und mit einem Mal leuchteten die göttlichen Elfen auf. Nun begannen sämtliche Elfen in und auf dem Baum mit ihren Flügeln in einem hellen Weiß zu leuchten und ein weißer Strahl schoss aus der Baummitte weit nach oben in die Atmosphäre. In diesem Moment zeigte sich der Mond und verteilte sein Licht über ganz Nox.

„Spürt die Magie des Baumes und der Götter", rief die Baumelfe, und alle durchströmte ein starkes magisches Gefühl.

Nun gaben die Elfen, indem sie um den Brunnen flogen, ihre Magie auch an den magischen Brunnen ab;

eine jede Elfe folgte ihrem Beispiel. Da leuchteten auch die Blätter am Baum auf … erst die Blätter, dann die Ranken, dann die Blüten und zum Schluss die Äste, bis schließlich der gesamte Baum mitsamt seinem Stamm lichtdurchflutet war.

Aus dem Brunnen erhob sich ein feiner glitzernder Nebel, der sich nach allen Seiten verteilte. Es dauerte nicht lange, da war der gesamte Baum von einem Nebelschleier umhüllt. Bald breitete er sich, silbern schimmernd, in alle Richtungen aus, nahm an Umfang zu, bedeckte die Umgebung und verteilte die Magie in allen Ländern von Nox.

Angekommen auf der anderen Seite von Nox, löste sich der Nebel nach und nach auf. Alle auf Nox lebenden magischen Wesen verspürten die besondere Wirkung. Hecuba, Gräfin Flora, Sarah und so viele andere bemerkten deutlich, wie ihre und auch die Magie der Dinge um sie herum erneuert wurde.

Hier auf dem Baum leuchtete sogar Zeldas Zepter hell auf, denn auch dieses wurde mit Magie neu aufgeladen; es konnte nun sehr viel wirkungsvoller genutzt werden. Jessika machte große Augen, als sie dies sah und natürlich auch spürte.

Der Brunnen senkte sich wie von Zauberhand nach unten und an seiner Stelle kam eine große bunte Knospe zum Vorschein. Die Götter der Elfen ließen die Knospe erblühen. Die Angehörigen der königlichen Elfen waren erstaunt ob der Schönheit der Blüte.

Die Freunde, die das Ganze von einem Ast ganz in der

Nähe aus beobachteten, staunten über die Maßen und waren voll begeistert von dieser Zeremonie, die soeben zu Ende ging.

Sie warteten nur auf die Hohepriesterin, die sich noch mit ihrer Mutter unterhielt; Jessika war bereits zu ihnen gekommen.

„Eine sehr schöne Zeremonie, und von Weitem toll anzusehen", schlussfolgerte Arthur.

Jessikas Augen glitzerten noch vor lauter Glückseligkeit. Und nachdem auch die Priesterin hinzugekommen und die Runde komplett war, flogen sie in Begleitung Kalinas und deren Familie zurück zu ihrem Wohnast.

„Ist denn nun wirklich alles und jeder auf Nox mit neuer Magie aufgeladen worden?", fragte Zelda die Hohepriesterin. – „Ja selbstverständlich. Jetzt kannst du auch besser zaubern, versuch es doch mal", fordert sie Zelda auf.

Zelda versuchte ihr Zepter aufzuspüren, was auch prompt ganz fix vonstattenging. „Das hätten wir gebrauchen können, als ich mit Flora auf die Suche nach der Teleportblume ging." Sie war sehr zufrieden mit dem Ergebnis der frischen Magie. – „Das ist wohl eine magische Blume?" – „Bestimmt, Hohepriesterin, denn wir mussten sie ja mithilfe der Magie suchen, da sie immer wieder verschwand; doch mit leichter Magie und Floras Überzeugungskraft konnten wir die Blume schließlich doch überreden, mit uns zu kommen."

Am Wohnast der Mondelfen wurde die Priesterin mit

Freude empfangen. Nachdem der Trubel überstanden war, zogen sich die Freunde, Jessika und die Priesterin in ihre Quartiere zurück. In Gedanken war Jessika noch bei der Zeremonie.

Bereits vor der Zeremonie hatte die Hohepriesterin bei Rosa vorsorglich eine Flasche Rotwein bestellt, den sie sich in Gesellschaft aller zur Feier des Tages genehmigen wollte. Sie entkorkte die Flasche mit Magie und füllte die Gläser der Runde. „Ein Wein der Baumelfen; er schmeckt sehr gut, ihr werdet es merken", sprach sie und stieß mit ihnen an. – „Er schmeckt in der Tat hervorragend", stellten sie übereinstimmend fest. – „Meine Mama trinkt auch gerne Wein. Könnte ich vielleicht eine Flasche für sie mitnehmen?", erkundigte sich Zelda. – „Ich werde sowieso mehrere Fässer von diesem Wein mitnehmen; da kannst du dir dann gern eine Flasche abfüllen." – „Danke schön, werde ich gern tun."

Sie tranken die Flasche leer und wankten dann in die Betten, denn der Wein hatte 25 Prozent Alkohol.

„Ich glaube, ich habe den Wein zu schnell getrunken", lallte Sally, während sie zur Toilette stolperte.

Auch die anderen, ebenfalls nicht an Alkohol gewöhnt, hatten ihre Probleme. Die Jungs schliefen gleich in ihren Klamotten und die Mädels schlüpften gar nicht erst in ihre Schlafanzüge, sondern legten sich ins Bett, wie die Natur sie geschaffen hatte.

Alle waren auf der Stelle eingeschlafen, nur nicht die Priesterin. Sie grübelte darüber, wann sie zurückfahren würden und was sie mitnehmen wollten. Ja wirklich, sie dachte noch darüber nach, während andere längst ihre Sachen für die Rückfahrt zusammenpackten.

Jessika träumte von der Zeremonie, Arthur von seiner

Freundin Narzissa und davon, wie überrascht sie sein würde, wenn er ihr erzählte, dass er zu den Mondelfen gehörte. Zelda träumte von ihrer Mutter und Pascal von den Abenteuern, die sie hier erlebt hatten. Und Sally, nun, sie träumte von ihrem kleinen Tiermenschendorf.

Denn ... in dieser Nacht waren die Traumfeen wieder unterwegs und verteilten süße Träume an alle, die schliefen oder bald schlafen würden. Nicht jedoch an die Sonnenelfen, die eher tag- und nachtaktiv sind und nur dann schlafen, wenn sie gerade mal müde sind. Sie hielten aber wieder Wache und bereiteten alles Nötige vor für die Rückreise; sie würden als Letzte abreisen, dann, wenn alle anderen Völker längst unterwegs waren.

Nun legte sich auch die Priesterin hin und träumte von ihrer Mutter, der Mondgöttin, der sie heute endlich mal wieder begegnet war.

Das Schiff wird beladen

Nachdem die Sonne untergegangen war, machten sich die ersten Elfenvölker bereit für die Heimreise. In drei Tagen wollten die Mondelfen gemeinsam mit den Waldelfen aufbrechen. Deshalb, weil die Hohepriesterin Königin Kalina als neue Freundin gewonnen hatte. Sie verstanden sich sehr gut und freuten sich auf die paar Tage, die sie noch miteinander verbringen würden.

Die Priesterin machte sich jedoch Sorgen um ihr Land, weil die Orcse aus dem Nachbarland ihr Land hin und wieder angriffen. Einer der Gründe, weswegen sie die Rückreise kaum noch erwarten konnte, um zu sehen, ob alles noch in Ordnung war. Da unterbrach Kalina ihre trüben Gedanken. „Hallo … ich wollte bloß mal fragen, ob wir vielleicht ein Portal zwischen dem Nadelwald und dem Tal des Mondes erstellen könnten, falls dein Volk nichts dagegen einzuwenden hat." – „Wir haben nichts dagegen. Habt ihr denn jemanden, der Portale erstellen kann?" Kalina bejahte diese Frage. „Gut, dann lasst es uns nächsten Monat tun; bis dahin müssten wir, auch ihr, schon längst zu Hause sein." – „So soll es sein." Kalina schüttelte erfreut der Priesterin Hand und flog zurück zu ihrem Volk.

Die Hohepriesterin erkundigte sich bei Jessika und den Freunden, ob sie Lust hätten, mitzukommen zum großen Platz. – „Klar kommen wir mit", entschied Sally unter Zustimmung seitens Zelda, Arthur und Pascal. Sie brachen auf und bemerkten, dass mit ihnen viele andere Elfen das gleiche Ziel hatten. Der große Platz erwies sich in etwa so groß wie der Markt hier auf dem Baum. Nebenbei machten sich die Baumelfen Notizen, was die anderen Elfenvölker für die Rückreise benötigten.

„Hier kaufen alle Elfen ihre Vorräte für die Rückfahrt ein; außerdem bekommt man hier auch den Wein, der uns gestern Abend geschmeckt hat, ferner Mehl, Früchte und so manch anderes", erklärte die Hohepriesterin ihnen. Sie mischte sich unters Volk, die Freunde folgten ihr. „So viele Elfen auf einmal … da weiß man doch gar nicht mehr, wo man hintreten oder hinfliegen soll", meinte Zelda.

Die Hohepriesterin entdeckte in der Menge ihre alte Freundin Frosta, die Königin der Eiselfen. Frostas Haare waren schneeweiß, die Augen eisblau, ihr schneeweißer Körper und die Brustwarzen ebenso eisblau. Und sah man ganz genau hin, so rieselten Schneeflocken aus ihrem Haar. Zelda hatte gedacht, dass sich zumindest Eiselfen warm anziehen würden; aber nein, auch sie waren unbekleidet. Die Hohepriesterin plauderte ein bisschen mit Frosta. Dann aber musste sie sich um den Einkauf kümmern, denn auch sie brauchten Vorräte für die Fahrt und auch für zu Hause. Sie bestellte Möhren, Kartoffeln, Pflanzen, Öl, Fleisch und noch so einiges.

Zelda erinnerte sich daran, was ihnen die Alchemistin gesagt hatte: dass es mehr weibliche Elfen als männliche gäbe – und hier fiel ihr das erstmals so richtig auf. Es sind tatsächlich sehr viel mehr Frauen als Männer am Ort versammelt.

Jetzt tauchte die Priesterin aus dem Getümmel wieder auf und verkündete, alles beisammen zu haben, was sie benötigten, und die bestellte Ware auch schon bezahlt zu haben. Sie nahmen nun den Weg zum Schiff und warteten dort auf die Lieferung, um diese mit vereinten Kräften einladen zu können.

Nach der Mittagsruhe allerdings kam Rosa an und vermeldete, dass die Lieferung erst am folgenden Tag am Schiff eintreffen würde. Also verbrachten sie den Rest der Nacht damit, ihre Sachen zu packen und zumindest diese schon mal aufs Schiff zu bringen. Sämtliche Mondelfen waren zur gleichen Zeit mit Packen beschäftigt. Es herrschte ein unglaubliches Hin- und Herhasten zwischen Wohnast und dem Schiff.

Sehr viele Elfen hatten bereits ihre Schiffskabinen bezogen. Auch die Hohepriesterin und Jessika richteten sich schon so ein, wie es auf der Herfahrt gewesen war. Und selbstverständlich war auch der Kapitän längst an Bord und mit ihm die gesamte Crew.

Ein Teil der Elfen wollte schon im Schiff schlafen, andere blieben noch in den Quartieren auf dem Wohnast.

Rosa versorgte indessen alle mit Essen.

„Danke schön, Rosa. Für wie lange bist du denn noch für uns zuständig?", fragte Arthur sie. – „Ich bin für euch zuständig, so lange ihr hier seid. Seid ihr abgereist, bin ich wieder bei meinen Kindern und meinem Ehemann zu Hause; er war für andere Elfenvölker zuständig. Von ihm sind auch die Kinder." – „Wie alt bist du denn?" – „Ich bin 200.727 Jahre alt, meine Kinder 528 und 790 Jahre. Die sind alle noch im Kindergarten, bis sie 15.000 Jahre alt sind; dann gehen sie in die Schule." Sie flog weiter und verteilte Essen an andere.

Den Rest des Tages verbrachten die Freunde bei Zylta und Lia.

„Und, Lia, bist du schon schwanger?", begrüßte Zelda sie. – „Ja, denn meine Regel scheint jetzt bald auszubleiben und der Schwangerschaftstest zeigt positiv an … ein gutes Zeichen für eine Schwangerschaft."

Das klingt ja gut, dachte Zelda, *hoffentlich sind wir nicht mehr lange hier auf Nox, denn mir gehen langsam die Slipeinlagen und Tampons aus.* Sie tranken zusammen einen Tee und unterhielten sich noch über dieses und jenes.

Die Sonne stand schon ein gutes Stück überm Horizont, und alle Elfen gingen zu Bett.

Die folgende Nacht war wieder vom Mondlicht durchflutet, doch unterhalb der unermesslich großen Baumkrone regnete es ergiebig. Die Lieferung der Vorräte erfolgte einige Zeit vor Mitternacht. Sie kontrollierten die Lieferung und hakten ab, was die Hohepriesterin bestellt hatte. Dann packten alle mit an, um die Vorräte unter Deck zu schaffen.

Rosa hatte Hilfe mitgebracht, um dieses Vorhaben zu vereinfachen. Es wurde Mehl in Säcken hineingetragen, Wein und Wasser in Fässern rollte man über eine Rampe, sonstige Getränke wie Saft oder Milch wurden an Bord gebracht. Die richtig schweren Sachen aber brachte man mit Magie zum Schweben. Dabei half Zelda mit ihrem Zepter mit, beim Schleppen halfen Arthur und Pascal.

Sally wusste nicht so recht, was sie mit sich anstellen sollte, stand einfach nur da und schaute dem Treiben um das Schiff herum zu. Flog dann aber zur Hohepriesterin hin und fragte: „Das alles hast du bestellt? Das ist doch viel zu viel und bestimmt sehr teuer ..."" – „Ja schon, aber wir brauchen diese Mengen, denn man reist schließlich nicht jedes Jahr hierher zum Elfenbaum; dabei gibt es gerade hier so viele wunderbare Vorräte. Ganz besonders den Wein von den Weinbergen der Baumelfen ... der beste Wein, den du kriegen kannst."

„Na, der hat wirklich gut geschmeckt, ist aber auch ganz schön stark. Ich hatte einen ordentlichen Schwips", gestand Sally ein, und beide mussten lächeln. – „Du bist wohl nicht an Alkoholisches gewöhnt?" – „So ist es. Ich trinke meist Milch oder Wasser, nur auf Festen schon mal ein Bier oder einen Schnaps zur Verdauung." – „Und ich trinke gerne mal ein Glas Wein oder Kräuterschnaps, vor allem nach üppigem Essen", sagte die Priesterin.

„Laden sie auch etwas Fleisch mit ein? Oder muss ich auf der Rückfahrt ohne Fleisch auskommen?" Eine sehr wichtige Frage für Sally. – „Schon, aber nur ein wenig, Wurst oder Salami aber ganz bestimmt, denn auch manche unserer Elfen essen regelmäßig Fleisch, besonders die kleinen Sprösslinge. Als wir das erste Mal hierher kamen, hatte uns die Gastwirtin auch etwas Fleischiges angeboten, wir haben dies auch gegessen. Viele Elfen und Fremde, die im Tal des Mondes zu Gast sind, bekommen in den Wirtshäusern auch Fleischgerichte angeboten." Die Priesterin erklärte Sally des Weiteren, dass Fleisch liebende Elfen aber nicht selbst jagen würden, sondern sich Fleischvorräte in der nächstgelegenen Stadt besorgten.

„Als ich dieses Mal im Wirtshaus war, war Stella gar nicht da, sondern eine andere ..." – „Ja nun, sie wechseln sich immer mal ab." – „Hat sie eine Familie?" – Die Priesterin war gerade gedanklich abwesend, musste nachfragen: „Wer hat eine Familie?" – „Na, Stella. Hat sie eine Familie?"

„Eine große Schwester hat sie; die beiden wechseln sich im Wirtshaus immer ab. Manchmal ist Stella die Wirtin, ein andermal ihre Schwester. „Ich bin auch ganz sicher, wenn wir zurück sind, ist Stella auch wieder da." Die Priesterin lächelte Sally aufmunternd zu.

Das Beladen des Schiffs dauerte bis nach Mitternacht.

Zylta und Lia flogen zu den Freunden, um sich von ihnen zu verabschieden, da sie schon heute mit ihrem Schiff losfahren würden. Sie umarmten sich alle noch mal, verabschiedeten sich unter Tränen und Küssen und drückten sich herzlichst zum Abschied. Die beiden mussten sich beeilen, da ihr Schiff bereits am Ablegen war.

Das Schiff der Waldelfen wurde nun herabgelassen und fuhr sodann zu jenem Hafen, von dem aus sie ihre Reise zum Baum angetreten hatten; von dort aus ging es direkt zurück zum Nadelwald. Auch Kalinas Volk hatte sich reichlich mit Vorräten eingedeckt.

Der Mond stand nun im Zenit des Himmels. Die Ladetätigkeit hatte sich verlangsamt, weil sie alle ermattet waren vom vielen Schleppen und Zaubern. Die Hohepriesterin forderte sie deshalb auf, sich erst mal beim Mitternachtsessen zu stärken und für die große Fahrt auszuruhen. Gleiches galt für die Baumelfen, die Rosa beauftragt hatte, heim zu gehen, um sich auszuruhen.

Die Priesterin meinte, Rosa bräuchte morgen nicht mehr unbedingt mit ihren Helfern erscheinen, da sie den Rest auch alleine schaffen würden. „Schlafe gut, Rosa, und träume was Schönes, so lange die Traumfeen noch da sind." Rosa bedankte sich, wünschte ihr Gleiches und allen anderen einen guten Tag. Dann begab sie sich nach Hause.

Ein paar noch emsige Nachtelfen aber beluden später das Schiff ganz leise weiter, darauf bedacht, niemanden im Schlaf zu stören; sie sollten schließlich allesamt frisch und munter die morgige Rückreise antreten können.

Etliche Elfenvölker waren längst unterwegs, der Ozean verhielt sich ruhig und es hatte aufgehört zu regnen.

Zylta und Lia, ebenfalls schon auf der Rückreise, schliefen jetzt zusammen in einem Bett. Und abgesehen vom Schiffssteuermann und den Wachen war alles auf dem Schiff ruhig und friedlich.

Die zweite Nachthälfte war angebrochen, der Mond verbarg sich hinterm Horizont, dafür waren die Sterne gut zu sehen. Aber der neue Tag kündigte sich bereits an.

„Dürfen wir die Traumfänger mitnehmen?", erkundigte sich Pascal, und die Hohepriesterin versicherte ihnen, dass sie das natürlich dürften. Sie packten jetzt noch ihre Schlafanzüge und einiges anderes ein und schafften ihre Sachen aufs Schiff. Arthur und Pascal schmerzten die Arme von der vielen Schlepperei der

Fässer und Säcke, die sie bewegt hatten. Aber es war nicht mehr viel zu tun. Schon nach einer Stunde war alles, unter der Beobachtung der Hohepriesterin und Rosas – die doch wieder erschienen war –, erledigt.

Die letzte Mahlzeit hier auf dem Baum, das Nachmitternachtsessen, nahmen sie im Beisein Rosas ein.

„Ihr seid eines der letzten Völker, die den Baum verlassen", sprach sie. – „Ist das gut oder schlecht?", hakte Arthur nach. – „Das ist gut. Denn wenn ein Volk sofort wieder abreisen würde, kaum dass es angekommen ist, müssten wir denken, es habe ihm hier nicht gefallen oder wir wären keine guten Gastgeber." – „Doch, ihr seid großartige Gastgeber. Wir haben uns hier sehr wohl gefühlt." Rosa lächelte Arthur an und bedankte sich bei ihm für sein nettes Kompliment.

Die Elfen machten sich nun reisefertig und bezogen wieder ihre Kojen auf dem Schiff, genau die gleichen wie bei der Hinreise. Die Schiffsköche richteten die Kombüse noch rasch ein, ehe das Schiff schließlich hinabgelassen wurde. Sämtliche Passagier fanden sich wieder an Deck ein, um diesem Schauspiel beizuwohnen. Das Schiff kam dem Ozean näher und näher ...

Rosa konnte ihre Tränen nicht verbergen. Sie hatte ihre neuen Freunde so sehr ins Herz geschlossen, würde sie jedoch für eine sehr lange Zeit nicht wieder sehen.

Das Schiff wurde jetzt so gedreht, dass der Bug nicht mehr zum Baum hin zeigte, sondern hinaus aufs offene Meer gerichtet war. Langsam senkte sich das Schiff durchs Geäst hindurch die letzte Strecke nach unten aufs

Wasser. Alle winkten Rosa zum Abschied zu, sie winkte zurück.

Das Hinablassen hatte etwa eine halbe Stunde in Anspruch genommen, bis der Rumpf des Schiffes im warmen Wasser dieses großen Ozeans eintauchte.

Die Rückfahrt

Die Segel waren gehisst, der Steuermann hatte das Schiff auf Kurs gebracht. Die Sonnen- und auch die Mondsegel kamen erst so richtig zur Geltung, als das Schiff den Rand der Baumkrone erreicht hatte und der Mond auf die Segel schien.

„Es war wirklich eine sehr schöne Zeit dort auf dem Baum", sinnierte Arthur, der, wie die anderen auch, noch immer diesen unglaublich großen Baum anstarrte.

„Das ist wahr. Und wir durften sogar bei Zyltas und Lias Hochzeit anwesend sein und mitfeiern", schwelgte Pascal in Erinnerungen.

„Und ich freue mich, dass die beiden jetzt Kinder bekommen werden, nachdem sie schon keinen Mann abbekommen haben. Ist auch besser so, als niemals geliebt zu haben oder geliebt worden zu sein", sinnierte Sally, total in Gedanken an all jene, die auch vom Vater enttäuscht und allein von der Mutter großgezogen worden waren.

„Und ich hoffe, dass meiner Mama der Rotwein schmeckt, denn er ist wirklich wunderbar süß, mit fruchtigem Aroma", meinte Zelda, und die anderen nicken zustimmend.

Die Hohepriesterin war unbemerkt hinzugekommen „Wie ihr wisst, habe ich ja auch viele Fässer sowohl von diesem Rotwein und vom Weißwein aufs Schiff bringen lassen. „Wir Elfen trinken nun mal gerne ein Gläschen Wein." – „Stimmt schon, euer Wein im Tal des Mondes ist auch hervorragend", hob Zelda lobend hervor.

Das Schiff fuhr volle Kraft voraus, das Meer war ruhig, und Fische begleiteten das Schiff streckenweise. Die Nacht gebärdete sich windig und wolkig, der Mond hatte sich nicht mehr gezeigt. Stattdessen erhob sich die Sonne schon wieder überm Horizont, weshalb das Schiff auch wieder schneller fuhr.

Der Wind hatte sich nicht gelegt, sondern trieb Wasser und Wellen an, sodass das Schiff stark hin und her schwankte. Und weil die Passagiere, so auch die Freunde, nun mal keine Seeelfen waren, wurde einigen zunehmend schlecht und schlechter, ganz grün waren sie um die Nase. Fische füttern aber musste niemand.

„Ich hoffe, dass morgen nicht mehr so ein Wellengang herrscht wie bei der Hinfahrt", schnaufte Sally. Ihre Hoffnung bewegte auch die anderen.

Die Matrosen rafften die Segel. Es regnete, und das Schiff kam vom Kurs ab. Doch nach dieser Nacht und dem folgenden unruhigen Tag war alles wieder im Lot. Nur noch ein paar Schleierwolken bedeckten den Himmel. Der Steuermann hatte auf die Karte geguckt, und nach den Sternen, und das Schiff wieder auf Kurs gebracht.

Nach dem Abendessen fragte Pascal beim Kapitän nach, ob man vielleicht Strickleitern an der Bordwand hinablassen könnte, um vom Wasser aus wieder hochklettern zu können. „Das ist machbar", bestätigte ihm der Kapitän. Er ließ das Schiff stoppen und veranlasste, dass fünf Strickleitern angebracht wurden.

Alle Elfen kamen an Deck, um den Grund zu erfahren, weswegen das Schiff anhielt ... Das war dann aber auch schnell sichtbar: Pascal stellte sich auf die Reling

... und sprang ins Wasser. Da ging's ziemlich tief runter, doch war das Wasser angenehm warm und ruhig. Arthur lachte erst, als er ihm zusah, sprang nun aber freudig hinterher. Auch Sally folgte ihnen. Und nach und nach sprangen sämtliche Elfen hinunter. Auch Zelda – sie hatte sich mittlerweile daran gewöhnt, ganz ohne Kleidung umherzulaufen – sprang und tauchte ein ins warme Wasser.

Den Freunden fiel nun auf, dass sie sich nicht etwa in salzigem Meerwasser tummelten; dies hier war reines Süßwasser.

Die gesamte Schar tobte im Wasser herum und genoss die Erfrischung. So etwas hatten die Elfen noch nie gemacht, einfach mal so ins Wasser springen und Spaß haben. Selbst die Hohepriesterin und Jessika beteiligten sich auf dieselbe Weise an diesem Vergnügen.

Nachdem sie sich ausgetobt hatten, kletterten alle miteinander über die Strickleitern wieder zurück an Bord. Das Schiff konnte die Reise fortsetzen.

In der Kombüse wurde gebacken und Tee gekocht, im Speiseraum wurden die Tische gedeckt. Draußen erklang eine Glocke, woraufhin sich alle Elfen in den Speiseraum begaben und sich an Kuchen und Tee bedienten.

Die Freunde saßen mit am Tisch der Hohepriesterin und unterhielten sich.

„Wollt ihr noch ein bisschen im Tal des Mondes bleiben, wenn wir zurück sind?", fragte die Priesterin sie. – „Nein, ich möchte wieder nach Hause ins Tiermenschendorf. Und Zelda, Arthur und Pascal wollen bestimmt bald wieder zurück auf die Erde", antwortete

Sally, die trotz der angenehmen Gesellschaft Heimweh verspürte. – „Das hat Sally richtig erkannt, wir wollen auch wieder nach Hause", ergänzte Arthur.

Die Hohepriesterin hatte dafür auch Verständnis.

„Und ich", meldete sich Zelda, "will wieder zurück in mein warmes kuscheliges Bett und den schönen Traumfänger bei mir im Zimmer aufhängen."

„Kann ich alles gut verstehen. Ich halte mich ja selbst ungern lange außerhalb vom Tal des Mondes auf und freue mich, bald wieder daheim zu sein." – Da kam Jessika zu ihrer Mutter und verkündete: „Wenn wir so flott weiterfahren, sind wir morgen Abend zurück im Hafen." – „Ach, Jessika, das ist doch schön ... nur noch ungefähr ein Tag ... Sind wir dann da, laden wir noch rasch alles aus, schaffen alles durchs Portal und bringen die Waren ins Vorratshaus", freute sich die Priesterin.

„Wir helfen euch dabei", entschied Arthur.

„Das ist lieb von euch, danke schön dafür im Voraus. Wir laden alles auf Kutschen, befördern das Ganze durchs Portal zum Vorratshaus und laden dort alles wieder ab."

„Zelda kann ja wieder mit ihrer Magie die schweren Dinge schweben lassen, zum leichteren Transport", schlug Arthur vor und schaut Zelda an. – „Klar, einverstanden. Übung mit meinem Zepter schadet schließlich nicht."

Sie hatten sich für Erdbeertorte mit Sahne zum Tee entschieden. Zelda jedoch bevorzugte Milch mit Honig stattdessen, denn sie war ein bisschen heiser.

„Hat es euch denn gefallen auf dem Elfenbaum?", fragte Jessika in die Runde. – „Ja schon, was denkst du denn? Es war wie Urlaub, spannend und erholsam; aber jetzt wollen wir wieder nach Hause", antwortete Arthur ihr.

Da meldete sich Sally zu Wort: „Ich bin gespannt, ob meiner Kusine gefällt, dass ich einen Schwangerschaftstrank für sie mitbringe. Oder ob sie einen Kater gefunden hat, mit dem sie sich gepaart hat und nun schon schwanger ist." Sie ließ sich nebenbei die Sahne schmecken.

Nach der Teepause spielten die Freunde oben an Deck Karten. Ohne Zelda; sie zog es vor, gemeinsam mit der Hohepriesterin Sterne zu gucken und zu versuchen, die verschiedenen Sternbilder zu erkennen, nach denen sich die Seeelfen orientieren.

„Es ist schön, mal ganz in Ruhe Sterne zu beobachten. So schön rot und gelb die Nebelwolken dort im Weltraum sind, so schön kann das kein Künstler malen", flüsterte Zelda, woraufhin die Hohepriesterin nicht so recht wusste, ob sie nun mit ihr geredet hatte oder mit sich selbst. – „Redest du mit mir oder aber mit dir selbst?" – „Habe ich was gesagt?" – „Hast du."

„Oh, entschuldige bitte. Habe wohl laut gedacht, so sehr bin ich fasziniert von den Nebeln oben in der Milchstraße. Und dann noch die große Galaxie da …"

„Die ist wirklich schön; das ist die Eliagalaxie. Auf der Erde wird sie Andromedagalaxie genannt. Bei uns im Tal des Mondes kann man nie einen so schönen Aufgang von Galaxien sehen, da das Tal von hohen Bergen umgeben ist. Wir sehen nur den roten Hypernova-Himmel, denn vor ein paar hundert Jahren ist eine Hypernova explodiert. Aber schöner finde ich den Mond in all seiner Pracht in der Nacht, und wir erkennen darin manchmal sogar die Mondgöttin, die aber nur wir Mondelfen sehen können." Sie blickte starr zum Mond hoch.

„Jetzt, in der Nacht, werden sich die Nachtelfen bestimmt besonders wohl fühlen", meinte Zelda.

„Das ist wohl wahr. Ja, die Nachtelfen wohnen hoch oben auf Bergen im hohen Norden, dort, wo ihr Mondtempel steht. Was bei uns der Tempel der Emune ist, ist bei ihnen der Tempel des Heiligen Mondes der Emune. Zudem haben wir dieselbe Religion – und ich habe das Sagen."

„Dorthin würde ich auch gerne mal fahren", sagte Zelda träumerisch.

„Das könnt ihr vielleicht auch machen, falls ihr sie wirklich besuchen möchtet. Aber wie kommt ihr dann dorthin?", überlegte die Hohepriesterin, geradezu hypnotisiert vom Mond.

„Als wir das letzte Mal bei euch waren, wollten wir doch einen Mondstein für Königin Hecuba beschaffen, damit sie einen neuen Portstein herstellen konnte. Das hat sie auch gemacht, und wir hatten es fertiggebracht, alle erforderlichen Zutaten zu bekommen. Jetzt hat sie einen neuen Portstein. Ihren alten Portstein schenkte sie uns, weil wir damit zwischen unserem Planeten und Nox hin- und herreisen können. Mit dem sind wir auch diesmal ins Tal des Mondes gelangt", erklärte ihr Zelda.

„Ach ja, ihr habt ja einen Portstein", murmelte die Priesterin versonnen. Der Mond verschwand indessen hinterm Horizont, es wurde kühl an Deck. Zelda und die Priesterin begaben sich nach unten.

Nach dem Frühstück gingen sie zu Bett und freuten sich schon auf den Abend. Der Tag verstrich ohne besondere Ereignisse. Und am Abend schließlich kam das Festland in Sicht. Alle freuten sich, in Bälde wieder zu Hause und bei ihren Kindern zu sein. Nach weiteren zwei Stunden Fahrt war der Hafen erreicht. Wieder erklang eine Glocke, das Schiff legte an.

Die Elfen gingen von Bord und die am Kai wartende Mondelfen kamen auf sie zu. Kinder umarmten ihre Mütter, die sie so lange vermisst hatten. Vorne am Schiff öffnete sich eine große Klappe, über die man besser in den Frachtraum gelangte. Sie rollten die Fässer von Bord und luden alles, was sich sonst noch an Bord befunden hatte, auf Kutschen um. Das heißt, die Fässer ließ Zelda dank ihrer Magie auf eine extra Fasskutsche schweben. Kräftige Pferde zogen sodann die Kutsche durchs Portal zum Tal des Mondes.

Die Freunde begleiteten die Hohepriesterin, Jessika und andere Mondelfen in die Stadt des Mondes. Dort begaben sich die Priesterin und ihre Tochter zum Tempel, während die Freunde den Elfen behilflich waren, die Kutschen zu entladen und die Waren ins Vorratshaus zu räumen. Einige Säcke Salz und Zucker gingen aber sofort in die Bäckerei, in das Wirtshaus und in die Konditorei. Zudem holten die von der Bäckerei auch noch Mehl ab, denn davon gab es ja jetzt genug.

Die Gastwirtin Stella orderte noch je ein großes Fass roten und weißen Wein, da ihre Vorräte über die lange Wartezeit nahezu aufgebraucht waren. Zelda ließ die beiden Fässer in den Keller des Wirtshauses schweben.

Arthur und Pascal durften die Fässer anstechen und den Hahn anschließen. Stella hatte ihnen zuvor erklärt, wie sie es anstellen mussten – und es funktionierte auf

Anhieb, zumal da ja kein Druck dahinter war wie bei Bierfässern.

„Stella, kennst du uns eigentlich noch?", fragte Zelda sie. – „Ja schon, nur an eure Namen kann ich mich nicht erinnern. Eure Gesichter aber kommen mir bekannt vor."

„Als wir beim letzten Mal hier waren, haben wir die Mondsilbertaufe erhalten", half ihr Zelda auf die Sprünge – und da klickte es bei Stella. „Das war auch das erste Mal, dass auch ich diese Taufe miterleben durfte. Ja, und wir haben euch in unser Volk aufgenommen. Ihr habt Jessika geholfen; sie ist für uns sehr wichtig, für die Zukunft der Mondelfen. Wir alle lieben sie."

„So, da wären die Fässer. Wir haben nach deiner Anleitung angestochen und sind jetzt fertig", gab Arthur Bescheid.

Als sie das Wirtshaus verließen, stießen sie auf die Hohepriesterin, die nach ihnen gesucht hatte. Sie bat die Freunde, in ihren Tempel zu kommen und reichte jedem der drei Freunde eine Tasche mit schwerem Inhalt. „Dies sind magische Raumtaschen, darin einhundert Tonnen eines für uns wertlosen Metalls."

„Was für Metall?"

„Zelda, Arthur, Pascal, hört zu. Das ist nur Rhodium. Ich weiß, es hat kaum einen Wert hier, jedenfalls nicht hier auf Nox. Aber wir wissen nicht, wohin damit." Sie fügte noch hinzu, dass man daraus immerhin schönen Schmuck herstellen könne.

Zelda zeigte sich sehr erfreut: „Rhodium ist bei uns auf der Erde sehr selten, wertvoller als Gold." – „Na siehst du, das ist doch toll. Da könnt ihr es bestimmt für viel Geld verkaufen, denn es handelt sich hierbei um reines Rhodium. Das wertvollste und seltenste Metall auf Nox ist allerdings Omnium."

„Ich hatte mal ein Omnium-Hemd", erinnerte sich Zelda. – „Ach ja, das habe ich in mein Haus aufbewahrt, aber niemanden davon erzählt", fiel Sally ein.

„Schön! Vielen Dank für das Rhodium. Aber ich glaube, wir müssen jetzt los", mahnte Arthur.

Sie umarmten die Priesterin, einer nach dem anderen, und versprachen, bald wieder zu kommen, und freuten sich schon auf das nächste Wiedersehen. Sie sammelten alle ihre Utensilien und reisten ab ins Tiermenschendorf.

Der Trank für Sallys Kusine

Es war früh am Morgen im Tiermenschenland Mo. Die Freunde gelangten nach ihrer Reise an das Eingangstor des Dorfes. „Hier ist ja alles ganz nass", stellte Sally fest. – „Vielleicht hat es geregnet. Vielleicht sogar ein kleines Unwetter?", vermutete Zelda. Da kam jemand angelaufen, winkte aufgeregt. „Sally! Bist du wieder da ... Wir haben uns solche Sorgen gemacht", rief ihre Tante, rannte auf sie zu und umarmte sie stürmisch.

„Na Tante, du weißt doch, wir waren im Tal des Mondes und auf dem Elfenbaum, dem Baum von Nox", entgegnete Sally, fast schon entschuldigend. – „Was denn für ein Baum?" Ihre Tante guckte ganz entgeistert. – Ein Baum, von dem die Elfen abstammen." – „Noch nie davon gehört. Na ja, ich bin ja auch keine Elfe", tat die Tante diese Neuigkeit ab.

„Aber meine Freunde und auch ich, wir sind jetzt Elfen", informiert Sally sie ganz stolz. – „Aha?!" Ungläubig starrte Sallys Tante die Freunde an. Zelda und Sally präsentierten nun ihre Flügel.

Ihre Tante wie auch andere hinzugekommene Tiermenschen schauten die Freunde staunend und mit offenen Mündern an.

„Ich habe noch niemals eine Elfe gesehen ..."

„Es ist wirklich so, seit einiger Zeit sind wir Mondelfen und reisten kürzlich gemeinsam mit ihnen zum großen Baum im großen Meer." Sally plagte nun aber etwas völlig anderes: „Bist du eigentlich schon Oma geworden?" und erfuhr, dass dies noch nicht der Fall sei, ihre Tochter hätte noch nicht mal einen passenden Katzen zum Freund gefunden. Sally holte tief Luft und verriet ihr nun, dass sie ein Geschenk für die Tochter mitgebracht habe, das dieses Problem lösen könnte. „Das wäre wunderbar, denn sie möchte zu gern Kinder haben." – „Gut, dann gehen wir zu ihr, und ich überreiche ihr das Geschenk."

Gesagt, getan. Sally's Kusine ist eine etwas kleinere Katzenfrau mit langem weißem Haar und grünen Katzenaugen.

Sally erklärte ihr, was es mit dem Geschenk auf sich hatte. Auch, dass es sich um einen Schwangerschaftstrank handele, den sie von Elfen auf dem Baum im Ozean erworben habe. Er helfe auch Elfen, Nachwuchs zu bekommen. Sie wisse aber nicht, wie er bei anderen Bewohnern von Nox wirke.

Nach kurzem Überlegen nahm die Kusine die Hälfte des Tranks zu sich, die andere Hälfe bewahrte sie für später auf für den Fall eines weiteren Kindes. Sie bedankte sich bei Sally.

Sally ging mit den drei Freunden zu sich nach Hause. Sie hatte angenommen, ihr Heim müsse nach ihrer langen Abwesenheit dreckig sein; niemandem hatte sie beauftragt, bei ihr nach dem Rechten zu sehen. Aber … alles war staubfrei, der Boden gekehrt und gewischt, Teppiche und Vorhänge gewaschen.

Sie kam ins Grübeln: „Wer hat denn bloß bei mir sauber gemacht?" Sally staunte, die anderen nicht minder. Sie gingen in Sallys Wohnzimmer und bemerkten, dass da jemand lag und schlief. Sally zündete eine Öllampe an … eine Menschenfrau, die ihr unbekannt war. Die Frau erwachte und schreckte hoch. Sally sprach sie an: „Hallo, wer bist du denn?" – „Bist du Sally, der das Haus gehört? Ich bin eine Dienerin von Königin Hecuba; sie hat mich beauftragt, dein Haus sauber zu halten, solange du unterwegs bist."

„Du bist wirklich eine Dienerin von Königin Hecuba? Das ist aber nett von ihr, dass sie jemanden geschickt hat, auf mein Haus aufzupassen und es sauber zu halten." Sally zeigte sich hocherfreut.

„Wann kommt denn Königin Hecuba wieder, um dich abzuholen?", fragte Arthur sie.

„Sie kommt jeden Tag her, um nachzusehen, ob ihr wieder zurück seid." – „Aha, da kannst du ja wieder nach Hause gehen, denn jetzt sind wir da. Und … danke schön für deine Dienste", sagte Sally, worauf die Frau erleichtert dreinschaute; sie vermisste ihr eigenes Heim sehr, vor allem ihr Bett.

Ein paar Stunden darauf erschien Königin Hecuba mit ihrem Portstein, um nach der Dienerin zu sehen. In der Zwischenzeit hatte Sally ihre Sachen schon ausgepackt, die Dienerin ihre Sachen im Gegenzug eingepackt und sich von den Tiermenschen, mit denen sie sich während der Zeit hier angefreundet hatte, verabschiedet. Zelda, Arthur, Pascal und Sally unterhielten sich noch eine Weile mit Hecuba – die freudig überrascht gewesen war, sie hier anzutreffen –, ehe sie wieder nach Vive zurückkreiste. Sie berichteten ihr ausführlich von der Reise zum Baum, vom Baum selbst und den Elfen, von der Rückreise und auch davon, was alles sie auf dem Baum erlebt hatten. Gemeinsam bereiteten sie nun das Mittagessen zu, speisten in großer Runde und verabschiedeten sodann die Königin und ihre Dienerin.

Der Häuptling der Tiermenschen wünschte, dass die vier zu ihm kamen. Er wollte erfahren, wo sie gewesen waren und was sie da so erlebt hatten.

Also berichtete Sally: dass sie jetzt nicht nur ein Tiermensch sei, sondern auch zu den Mondelfen gehöre. Dass sie befürchtet hätte, deshalb vom Tiermenschenvolk verstoßen zu werden und so weiter und so fort.

Der Häuptling jedoch fand es eher spannend, dass jemand von seinem Volk bei den Mondelfen aufgenommen wurde und sie nun eben beiden Völkern angehörte. Sie müsse daher nichts befürchten. „Eine Heldentat ist immer gut, wie jene, die ihr damals gemeinsam erbracht habt. Das macht einen wahren Tiermenschen aus", lobte der Häuptling sie und brachte seinen Stolz zum Ausdruck.

Wieder in Sallys Haus, wollten sie nun alles für die Rückreise zur Erde vorbereiten.

„Ich bin froh, dass mich der Häuptling nicht verbannt hat, wie er es mit Karo getan hat, weil der Geld aus der Dorfkasse gestohlen hatte." – „Wer ist Karo?" Zelda war neugierig. – „Karo ist eine Ente, die geldgierigste, die ich je gesehen habe. Waren wir nicht schon mal bei ihm?", überlegte Sally. Sie dachten gemeinsam nach … und da fiel es ihnen wieder ein: Sie hatten einmal bei einer Ente, eben bei Karo, eine Karte gekauft, deren Preis total überzogen war.

„Zelda, du hast doch gesagt, dass deine Mutter gerne Wein trinkt, richtig?" – „Richtig, Sally, ganz besonders Rotwein." – „Da kannst du doch auch von uns Tiermenschen je eine Flasche roten und weißen Wein mitnehmen; der schmeckt ebenso gut und ist nicht so stark wie der Elfenwein", schlug Sally vor. – „Okay, dann nehme ich auch von euch zwei Flaschen mit." Zelda freute sich und war sehr gespannt, was ihre Mama dazu sagen würde.

Aus der Getränkekammer holten sie zwei Flaschen, wickelten diese sorgfältig in ein Tuch ein und verstauten sie sodann in Zeldas verzauberten Rucksack.

„So, Sally, jetzt müssen wir leider Lebewohl sagen." Zelda drückte sie ganz fest. – „Ja, tschüs dann, Sally, bis zum nächsten Mal." Auch Arthur umarmte sie. – „Auf Wiedersehen, Sally!" Pascal getraute sich aber nicht, sie zu umarmen. Da zog sie ihn an sich und nahm in so fest in die Arme, dass er prompt rot anlief.

„Tja, hoffentlich kommt ihr bald wieder. Es ist schon ziemlich langweilig hier, so ohne euch." Mit diesen Worten nahm Sally Abschied. Die drei stellten sich in einem Kreis auf, berührten den Portstein und reisten zurück zur Erde, in die kleine Stadt Schmölln im Altenburger Land.

Nach ihrer Ankunft ging es schnurstracks zu den Eltern, die hocherfreut waren, sie zurück zu haben, gesund und unversehrt. Aber der Reihe nach …

Wein für Zeldas Mutter

Zelda fuhr ihre Flügel aus und flog zum Elternhaus. Es war früher Abend in Schmölln, man sah am Horizont die Sonne untergehen. Zeldas Eltern saßen mit den Nachbarn im Garten und grillten. Großes Hallo. Weder ihre Eltern noch die Nachbarn konnten es fassen, dass Zelda nun Flügel besaß und damit sogar fliegen konnte. Sie hatten Zelda bisher nur mit ihrem Zepter herumfliegen sehen.

„Zelda, bist du's wirklich?"

„Ja Mama, ich bin's, wenngleich in meiner Mondelfengestalt … fast zumindest." Sie lächelte stolz ihre Mutter an; die machte große Augen.

„Wow, Zelda, du siehst umwerfend aus." Ihr Vater war offenbar sehr beeindruckt.

Die Nachbarn äußerten sich nicht.

Zelda ging ins Haus, zog sich um und überreichte ihrer Mutter anschließend den Wein von Nox, worüber sie sich riesig freute.

„Danke schön, Zelda. Du weißt ja, wie gerne ich Wein trinke. Aber woher kommt der denn?"

„Dieser hier, das ist Elfenwein, und der da, stammt von den Tiermenschen." Sie präsentierte der Mutter dabei die beiden Flaschen.

Nun saß sie mit den Eltern und Nachbarn im Garten zusammen und berichtete, was sie dieses Mal auf Nox so erlebt hatten, vor allem von der Reise zum großen Baum und dem Aufenthalt auf ihm. Später am Abend, die Nachbarn waren gegangen, probierten sie den Wein. Er schmeckte ihnen vorzüglich, war aromatisch, süffig, hatte aber auch einen hohen Anteil Alkohol.

„Man sollte ihn langsam trinken, andernfalls bekommt man gleich einen Schwips, was mir schon passiert ist", warnte Zelda die Mutter, die genau dies längst gemerkt hatte. Zeldas Vater trank selten Wein, viel lieber Bier und gelegentlich auch mal Schnaps.

Jetzt, wo sie unter sich waren, zeigte Zelda ihren Eltern den Sack voll mit Rhodium-Barren, den sie von der Hohepriesterin bekommen hatte. „Die können wir zu Geld machen …" Ihre Eltern schauten äußerst verblüfft drein und fragten sich, was das überhaupt war und wie viel es wert sein könnte. Rhodium … davon musste es bei den Elfen wohl eine Menge geben, wenn sie einfach so einhundert Tonnen verschenken konnten. Diese Menge passte auch recht gut rein in Zeldas verzauberten Rucksack, der noch ganz anderes fassen konnte.

Da Zelda ihre Überlegungen bemerkte, erklärte sie ihnen die Zusammenhänge so, wie die Hohepriesterin es ihr erklärt hatte …

Die Eltern unterbrachen ihren Redefluss und fragten nach, was Omnium sei. Also fuhr Zelda fort, dass Omnium das seltenste Metall sei, das auf Nox vorkomme. Es sei sehr massiv, dabei ganz leicht. Danach erzählte sie in lockerer Form und nun doch ausführlich von alldem, was sie auf Nox erlebt hatten.

Ihre Eltern wie auch die Eltern von Arthur und Pascal wären ja gerne mal mitkommen, aber das ginge leider nicht; sie hätten nicht von diesem Trank getrunken, mit dem man mit dem Portstein durch Zeit und Raum reisen könne. Dennoch gaben sie den Traum von

dieser wundersamen Art des Reisens mit einem Portstein nicht auf.

Alle drei, Zelda, Pascal und Arthur, haben die Traumfänger in ihren Zimmern aufgehängt und träumen vom
Elfenbaum, dem Lebensbaum von Nox.

E n d e

Kleine Begriffserklärung

Die Elfen auf Nox sind selbstverständlich nachtaktive Wesen, das Geschehen im vorliegenden Buch spielt sich vorwiegend in der Nacht ab.

Sagen wir Menschen auf der Erde am frühen Morgen, nach dem Aufstehen, ›Guten Morgen‹, bedeutet dieser Gruß für die Elfen, dass sie nun zu Bett gehen.
Wünschen wir uns eine ›Gute Nacht‹, gehen wir daraufhin schlafen, die Elfen jedoch grüßen sich mit ›Gute Nacht‹ – ähnlich unserem ›Guten Tag‹.
Ehe Elfen schlafen gehen, nehmen sie das Frühstück ein. Und die erste Hauptmahlzeit der Elfen ist das Abendessen, nachdem sie am Abend erwacht sind.
Elfen haben zwei Nachthälften – heute und morgen –, denn um Mitternacht erfolgt der Tageswechsel.
Reden Elfen von ›morgen‹, geschieht dies in der ersten Hälfte derselben Nacht; sprechen sie von ›morgen‹ in der zweiten Hälfte der Nacht, so ist natürlich ›morgen‹ in der darauffolgenden Nacht gemeint.

Auch das Alter von Elfenkindern bedarf einer Erklärung. Elfen nennen ihre Kinder nicht Baby, Kind, Jugendlicher, Jugendliche oder auch Erwachsene, sondern ein Baby wird ›Setzling‹ genannt.
Ein Kind ab einem Alter, in dem es laufen kann, ist eine ›Knospe‹.
Hat das Kind ein Alter von 12.000 Jahren erreicht – dies entspricht 12 Menschenjahren –, nennt man es ›Erblühende‹ und ›Erblühender‹, da mit diesem Alter die Geschlechtsreife einsetzt.

In einem Elfenalter von 15.000 bis 21.000 Jahren – entsprechend 15 bis 21 Menschenjahren – werden ›Erblühende‹ schließlich ›Blume‹ genannt.

Im Alter von 15.000 Jahren erleben Elfen zudem die sogenannte ›Jugendweihe‹. Doch was diese zu bedeuten hat und wie sie begangen wird, das kann nachgelesen werden auf der Website des Autors …

www.fremdeweltnox.de

Über den Autor:

Sven Icy Kuschmitz, geb. Bräutigam, Jg. 1990, begann, eher zufällig, bereits im Alter von fünfzehn Jahren fantastische Geschichten über die Fremde Welt Nox zu schreiben.

Seine bevorzugte Lektüre früherer Jahre und heute sind Comics wie die „Abrafaxe", „Winx Club", „Yoko Tsuno", auch Bücher wie „Monster High", „Wendy, Mia and Me" oder Disney-Feen-Bücher wie „Tinkerbell" und andere Kinder- und Jugendbücher.

Der Autor lebt bei Schmölln im Altenburger Land, dort, wo unter anderem auch die Skatkarten herkommen.[1]

Mit „Fremde Welt Nox – Kurzgeschichten" (s. nächste Seiten), ein kleiner Sonderband, erfolgte 2013 eine erste Veröffentlichung. Die einzelnen kurzen Geschichten darin sind jeweils in sich abgeschlossen, nehmen jedoch einiges vorweg, was im 2015 veröffentlichten Band I „Fremde Welt Nox", Band II »Abenteuer auf Nox« und im vorliegenden Band III umfassend erzählt wird. Weitere Bände befinden sich in Vorbereitung.

Zum besseren Verständnis sowohl der Erzählungen als auch des Autors mögen nachstehende Ausführungen dienen. Sven *Icy*, wie er sich gern und möglichst ausschließlich nennt, ist ein fröhlicher, aufgeweckter junger

---

[1] Bild: www.foto-hirsch.de, Schmölln

Mensch mit guter innerer Haltung, an welcher sich so mancher seines Umfelds orientieren könnte. Doch gerade sein soziales Umfeld macht ihm das Leben schwer; aber seine Mutter steht voll hinter ihm. *Die Realität ist grausam*, äußerte er einmal. Dies mag darin begründet sein, dass Sven Icy bereits seit früher Kindheit multipel erkrankt ist, weswegen ihn viele seines Umfeldes ablehnen. Zwar versucht er tapfer Einfluss zu nehmen, stößt jedoch vielfach auf Unverständnis, Ignoranz und banale Ablehnung, wird nicht ernst genommen. Mit dem Ausspruch *Ein Buch kann doch jeder schreiben* wird sein wesentlicher Lebensinhalt zum Beispiel kleingeredet.

Es ist keine Flucht, doch verliert er sich gern und gewollt oft in eine andere Welt – *eine bessere*, wie er empfindet, seine Wunschwelt. *Mein Geist und meine Seele sind dann weit weg von der Erde*, beschreibt er seine Aufenthalte auf Nox oder in der Welt von Teldrassil. Dort umgibt er sich mit imaginären friedlichen Wesen – mit Tyrande Wisperwind etwa, einer Nachtelfenfrau, die in der Stadt Darnassus lebt –, hört, sieht, empfindet Dinge, Geschöpfe und Geschehnisse auf eine Art, die anderen verwehrt ist. Nicht Sichtbares erlebt er beispielsweise als Zeichentrick.

Der Weg zurück in die Realität fällt ihm oft und zunehmend schwer. Aber: *Meine ganze Freude ist das Schreiben*. Was immer ihm in seiner Fantasiewelt begegnet, schlägt sich nieder in zahlreichen Notizen und kommt in seinen Erzählungen zum Ausdruck.

Eine Übersicht bisheriger Veröffentlichungen von Sven Icy Kuschmitz – siehe Folgeseiten …

Kurzgeschichten. Wie lebt es sich im Feenreich, dort, wo zur Freude aller mit Magie und Zauber alles leicht von der Hand geht? Sally, Zelda, Arthur und Pascal reisen mit dem Portstein mühelos zwischen den Welten hin und her. Sie besuchen Freunde, stehen Neuem vorurteilsfrei gegenüber, lernen die Dinge des Alltags kennen und die Gefühle anderer verstehen.

Nox ist der märchenhafte Ort für ein friedliches, interessantes Leben, gepaart mit vielen Überraschungen, witzigen Begebenheiten und praktischen Alltagsanleitungen für junge Leser. Diese leicht zu lesenden Kurzgeschichten – sie regen auch zum Nachdenken an – sind für Leser ab 12 Jahren geeignet.

Sven Icy Kuschmitz will in unauffälliger pädagogischer Absicht und leisen Tönen mit ganz besonderen Verhaltensweisen und Lebensgefühlen jenseits der Norm vertraut machen. Er führt den Lesern aber auch viel Bekanntes aus ihrem eigenen Leben vor Augen, beabsichtigt sie vorzubereiten auf neue, vielleicht unerwartete Situationen, um ihre Urteilsfähigkeit zu stärken.

tredition Hamburg, 2013
leicht veränderte Neuauflage 2018

Band I. Ein Erdbeben im Altenburger Land. Ein tiefer Spalt. Ein Unfall … Zelda, Arthur und Pascal, Studenten der Geologie, finden sich auf Nox wieder. Werden sie je auf die Erde zurückkehren? Neue Eindrücke und Begegnungen mit fremdartigen Wesen nehmen ihre Aufmerksamkeit in Anspruch. Im Lande Schadanimo begeben sie sich mit der Katzenfrau Sally auf eine abenteuerliche Reise  auf der Suche nach dem Portstein, um mit diesem heimzukommen. Da kann nur Königin Hecuba im Land Vive weiterhelfen, zu deren Burg die vier nach langer Wanderschaft gelangen. Damit aber der Portstein funktioniert, sind erst allerlei Dinge zu besorgen: Straußeneierschale, Spinnenblut … Auf oft gefahrvolle Weise meistern sie diese Aufgaben. Ein Zaubertrank ermöglicht jetzt die Weiterreise mit diesem Portstein. Statt zurück nach Schadanimo befördert der die Freunde aber stets woandershin. Wo sie auch landen, treffen sie auf scheußliche Kreaturen, nette Elfen, Klagegeister, Feen, neue Freunde. Die Feen verbessern den Stein – und nun funktioniert er, auch dank Zeldas magischen Fähigkeiten, wie gewünscht. Sie landen wieder im Dorf von Sally. Der Autor verliert sich gern in eine andere Welt – eine bessere, wie er meint, das ist Nox, seine Wunschwelt. Was immer ihm auf seinen Ausflügen dorthin begegnet, findet Eingang in seine Erzählungen.
tredition Hamburg, 2015

Nette **Elfengedichte** aus der Feder des Autors und einer Elfe namens Musa Dorothea. Ja doch, der Autor unterhält enge und gute Beziehungen zur Welt der Elfen. Er mag sie. Besinnliche Gedichte wechseln sich ab mit anderen, die zum Schmunzeln anregen.

Manche verleiten zur Nachdenklichkeit. Es geht ruhig und friedlich zu bei den Elfen. Ein Zustand, den sie auch der Welt der Menschen gönnen und schenken würden, denn da geht es leider gänzlich anders zu.

… Sie singen um Frieden auf der Welt,
denn damit ist's auf der Erde schlecht bestellt.
Auf der Erde gibt's Krieg und Not,
dass es selbst die Elfen bedroht.
Elfen wollen Frieden schaffen
und mögen ganz und gar keine Waffen.

tredition Hamburg, 2017

Feengedichte aus der Feder des Autors und einer Elfe namens Musa Dorothea. Nicht nur in der Welt von Elfen, auch in der ganz besonderen Welt der Feen kennen sich der Autor und seine Co-Autorin bestens aus. Sie mögen Feen. Besinnliche Gedichte wechseln sich ab mit anderen, die zum Schmunzeln anregen. Manche verleiten zur Nachdenklichkeit.

Es geht ruhig und friedlich zu bei den Feen, so lange der Mensch nicht zerstörerisch in ihre Umwelt eingreift.

Feen fliegen leise und sacht,
man hört sie nicht, vor allem nicht in der Nacht.
Eine Fee fliegt an dir vorüber, du glaubst es kaum.
Es ist wie in einem Traum.
Man hört sie nicht, du musst sie nur sehen,
sonst kannst du sie auch nicht verstehen.
Sie fliegt umher in ihrer Pracht –
schau einfach nur zu, wie sie es macht.

tredition Hamburg, 2019

Band II – **Abenteuer auf Nox**. Nach ihrer damals nicht voraussehbaren Landung auf dem Planeten Nox und zahlreichen Abenteuern dort konnten Zelda, Arthur und Pascal dank eines geliehenen Portsteins zur Erde zurückkehren.

Der Wunsch, Nox und dort lieb gewordene Freunde wieder einmal zu besuchen, lässt die drei nicht los. So freuen sie sich darauf, Sally – eine Frau halb Mensch, halb Katze – im Lande Mo auf Nox wiederzusehen.

Während sie damals unter schwierigen Umständen nach Nox gelangten, reisen sie diesmal komfortabel mit diesem Portstein. Aber den müssen sie Königin Hecuba zurückgeben. So reisen sie zwar hin, wissen jedoch nicht, wie sie danach wieder auf die Erde zurückkommen können.

»Abenteuer auf Nox« setzt die Serie herausfordernder, aufregender Ereignisse fort. Hecuba, die Königin im Lande Vive, will den vieren – mit im Bunde ist Sally – gern helfen und für sich einen neuen Portstein herstellen. Dazu benötigen sie aber allerlei spezielle Zutaten. Große Aufgaben, noch größere Abenteuer, Begegnungen mit anderen Menschen, Elfen, Meeresjungfrauen, Yetis, Orcsen kommen auf die Freunde zu. Mutig und trickreich, vor allem dank Zeldas Magie und ihrem Zepter, können sie die gewünschten Zutaten herbeischaffen.

Am Ende erleben sie eine Mondelfentaufe, sind nun selbst Mondelfen – und Zelda lernt mithilfe ihres Zepters sogar das Fliegen.

Mit dem nun eigenen Portstein und nach tränenreichem Abschied von Freunden wollen sie wieder nach Hause zurückkreisen.

tredition Hamburg, 2019

Zeitfracht Medien GmbH
Ferdinand-Jühlke-Straße 7
99095 Erfurt, Deutschland
produktsicherheit@kolibri360.de